Milan Kundera

米兰·昆德拉

余中先
郭昌京——译

Risibles amours

好笑的爱

ŒUVRES
DE
MILAN
KUNDERA

上海译文出版社

图书在版编目（CIP）数据

好笑的爱/昆德拉(Kundera，M.)著;余中先,郭昌京译.
—上海:上海译文出版社,2015.1（2023.9 重印）
（米兰·昆德拉作品全新系列）
ISBN 978-7-5327-6647-5

Ⅰ.①好… Ⅱ.①昆… ②余… ③郭…
Ⅲ.①短篇小说-小说集-法国-现代 Ⅳ.①I565.45

中国版本图书馆 CIP 数据核字(2014)第109340号

Milan Kundera
Risibles amours

图字：09-2003-374号

好笑的爱
Risibles amours

MILAN KUNDERA
米兰·昆德拉 著
余中先 郭昌京 译

出版统筹 赵武平
责任编辑 缪伶超
装帧设计 杨林青

上海译文出版社有限公司出版、发行
网址：www.yiwen.com.cn
201101 上海市闵行区号景路159弄B座
杭州宏雅印刷有限公司印刷

开本890×1240 1/32 印张11 插页5 字数136,000
2015年1月第1版 2023年9月第6次印刷

ISBN 978-7-5327-6647-5/I·4005
定价：84.00 元

目 录

I

谁都笑不出来

1

“再给我倒一杯斯利沃维什。”克拉拉冲我说，我也不反对。我们为开酒瓶找了一个再普通不过的借口，不过，理由十足：我有一篇很长的论文发在一本艺术史杂志上，那天，我刚刚收到了相当丰厚的一笔稿费。

要说呢，我的论文实在是费了一番周折才得以发表的。我早先写的东西，招来了不少争议和批评。所以，老派而又审慎的《造型艺术思维》杂志回绝了这篇文章，我只得把它转投给另一家对手杂志。尽管它的名气实在不太大，但它的编辑比较年轻，顾忌也比较少。

邮递员把汇款单送到学校，还捎带来一封信。一封无关紧要的信，上午，我由于陶醉于新赢得的声誉，只是匆匆地浏览了一遍。但是，等到回家后，夜深人静之际，酒也喝得差不多了，为了逗乐子，我从写字台上拿起那封信，冲克拉拉念道：

“亲爱的同志——假如您允许的话，我愿使用这样的称呼——亲爱的同行——敬请您原谅一个您素昧平生的人冒昧地给您写信。我找您不为别的，只求您能读一读随信奉上的拙文。

我并不认识您，但我很尊敬您，因为您在我眼中并非平凡之人，您的观点，您的推理，您的结论，始终以令人惊奇的方式，证实我本人研究的结果……”接着，就是对我名誉的一番盛情赞美，临了还有一个要求：请我无论如何也要为他的文章写一份阅读报告，推荐给《造型艺术思维》杂志，半年来那家杂志始终拒绝他的文章，并把它贬了一通。他们对他说，我的意见将是决定性的，于是，我从此就成了他惟一的希望，成了他在漆黑的深夜中惟一的一道微光。

我和克拉拉，我们就这一位扎图莱茨基先生开着各种各样的玩笑，这个崇高的姓氏刺激了我们；当然，我们的玩笑都是真诚的，因为他写给我的赞美辞令我慷慨大方，尤其当我手中还握着一瓶美味的斯利沃维什酒时。在这令人难以忘怀的时刻，我慷慨到了极点，简直可说是感受到了对全世界的爱。虽不能给全世界赠送礼物，我至少给克拉拉送了。就算谈不上是礼物，至少还算是允诺。

克拉拉是一个良家少女，芳龄二十。我说良家少女还是轻了，简直是名门闺秀！她父亲早年是个银行经理，因此算是大资产阶级的代表，一九五〇年前后被赶出布拉格，下放到切拉科维采村定居，离首都有老远的一段路程。姑娘受了牵连，被打发到布拉格的一家制衣厂去踩缝纫机，成天在一个偌大的车间里干活。这天晚上，我坐在克拉拉面前，一边千方百计地讨她的欢喜，一边轻巧地夸口说，我可以托朋友帮忙，为她寻找一个更好的工作，改善她的处境。我肯定地说，绝对不能允许让一个如此漂亮的姑娘在缝纫机面前耗尽她的美，我决定让她成为一个模特儿。

克拉拉没有反驳我，我们十分和谐地度过了美妙的一夜。

2

我们被蒙住眼睛穿越现在。至多，我们只能预感和猜测我们实际上正经历着的一切。只是在事后，当蒙眼的布条解开后，当我们审视过去时，我们才会明白，我们曾经经历的到底是什么，我们才能明白它们的意义。

那天晚上，我为我的成功而畅饮，我根本没有想到，这竟是我末日的序幕。

由于我什么都没有预料到，第二天早晨醒来时我心情舒畅。克拉拉还在幸福的熟睡之中，我就拿起扎图莱茨基先生随信附来的文章，带着一种好玩的漠不关心的心境，坐在床上，读了起来。

这篇题为《米科拉什 · 阿莱什，捷克绘画的一位大师》的文章，根本不值得一读，我为它花费半个小时都是冤枉了。通篇堆积了陈词滥调，没有一丝儿合逻辑的展开，没有一丝儿独特的思想。

毋庸置疑，这是一大堆蠢话。确实，就在当天，《造型艺术思维》杂志的主编卡劳塞克博士（不过，他是最让人讨厌的人物之一）在给我的电话里，就这样给它定了性。他把电话打到我的学校，对我说：“你收到了扎图莱茨基先生的论文没有？这样，请你帮我一个忙，给我写一篇阅读报告吧，五位专家已经否定了他的文章，但他还是一味固执，他以为，你是独一无二的权威。请写上几行字吧，就说它怎么怎么站不住脚，你有资格说这话，你知道该怎么把话说得尖酸一点，这样，他就会让我们清静了。”

但是，我心中有什么东西在反对：为什么偏偏是我，恰恰是我，要成为扎图莱茨基先生的刽子手？再说，我还清清楚楚地记得，《造型艺术思维》曾自认为很有道理地拒绝过我的文章呢；此外，对我来说，扎图莱茨基先生的这个姓，还跟克拉拉，跟那瓶斯利沃维什酒，跟一个美妙的夜晚密切相连呢。无论如何，我不会否定它，那样做不人道，我只需伸出一只手，掰着手指头数，就能数出有谁把我当作“独一无二的权威”，甚至只要伸出一根手指头就够了。为什么要把这个惟一的崇拜者变成我的敌人呢？

电话说到最后，我使用了一些巧妙而又含糊的措辞，让我们两人谁都以为其中的意思很明白，卡劳塞克认为是一种承诺，而我认为是一种脱身之计。我挂了电话，拿定主意，坚决不写那篇关于扎图莱茨基先生论文的阅读报告。

于是，我从抽屉中拿出信纸，给扎图莱茨基先生写了一封信，我在信中小心地避免对他的研究作出任何形式的评判，我对他解释说，我关于十九世纪绘画的想法，通常被认为是离经叛道的，尤其是在《造型艺术思维》的编辑眼中，因此，我的介入不仅不会有用，反而可能坏事；同时，我回敬了扎图莱茨基先生一大堆友好的客套话，我相信他不会看不出字里行间对他的一种感激之情。

信投进邮筒之后，我就立即忘记了扎图莱茨基先生。但是，扎图莱茨基先生并没有忘记我。

3

有一天，我刚刚讲完课（我在大学里教绘画史），系里的秘书玛丽女士就来敲教室门。玛丽是一个有了一些年纪的和蔼可亲的女人，她常常为我煮咖啡，每当电话中传来讨厌的女人声音找我时，她就替我回答说我不在。玛丽从门缝里探了一下脑袋，对我说，一位先生在等我。

先生们的来访，我是不怕的。我跟大学生们告了别，轻松地来到走廊中，一个小个子先生等在那里，他穿着黑颜色的旧西服，里面是白色的衬衫。他向我致意，然后恭恭敬敬地自报姓名，他叫扎图莱茨基。

我把来访者请进一个空教室，请他在一把扶手椅中坐下，以一种欢快的语调开始谈话。我海阔天空地神侃一通，从糟糕透顶的夏天，一直谈到布拉格的那些画展。扎图莱茨基先生彬彬有礼地赞同着我的那通无聊话，但随即拼命地把每一个话头引向他的论文，突然之间，他的文章就来到我们中间，尽管它看不见，也摸不着，却像一块磁铁那样，不可抗拒地成了实实在在的物体。

“我倒是很愿意为您的研究写一篇报告，”我终于说，“但是，我已经在信里向您解释过，谁都不会把我当成研究十九世纪捷克绘画的一个专家，再说，我跟《造型艺术思维》编辑部的关系也闹僵了，他们把我看成是一个根深蒂固的现代派，这样一来，即便我这里给您一个有利的评判，结果也只会有损于您。”

“噢，您实在是太谦虚了，”扎图莱茨基先生说，“一个像您这样的专家，怎么可能如此悲观地看待自己的地位呢！编辑部的人对我说，一切都将取决于您的意见。假如您看重我的文章，它就会发表。您是我惟一的机会。这篇论文费了我整整三年的心血，整整三年的研究。现在，一切都在您的手心中攥着呢。”

我们竟然如此无忧无虑地，用如此可怜的材料，炮制着我们的借口。我不知道回答扎图莱茨基先生什么才好。我机械地抬起眼睛，正面凝视他，看到了老式的小小眼镜片，那么朴实无华，还有他额头上一道深深的皱纹，垂直而下，那么苍劲有力。在一瞬间的清醒中，我的脊椎上掠过一丝颤抖：这道凝重而又固执的皱纹，不仅反映出它的主人为米科拉什·阿莱什的绘画艺术付出的智力牺牲，还显示出一种非凡的意志力。我一下子惊慌失措了，怎么也找不到足够灵活的托词。我知道，我是不会写那份阅读报告的，但是，我也知道，我没有勇气，当着这个苦苦恳求的小个子男人的面，把这话明说出来。

我只得微笑着，含糊其辞地允诺了一声。扎图莱茨基先生赶紧致谢，说他不久后会再来找我打听结果；我满脸堆笑地离开了他。

几天后，他真的又来了，我灵敏地躲开了他。但是，第二天，有人告诉我，他又来学校找我了。我这才明白到，事情坏了。我立即找到玛丽女士，准备采取紧急应对措施。

“玛丽，请您帮我一个忙，假如那位先生再来找我，您就告诉他，我去德国作学术考察了，要一个月以后才回来。另外：我所有的课程不是都排在星期二和星期三吗?从今天起，我改为星期四和星期五教课。您只去通知我的学生就行了，不要对任何人说这事，课程表上也不要改。我不得不转入地下。”

4

没过多久，扎图莱茨基先生果真又来学校找我，当女秘书告诉他，我有急事去了德国时，他显得有些绝望。“可是，这不可能呀！助教先生应该为我的文章写一份报告的！他怎么能这样说走就走了呢？”“这我就无可奉告了，”玛丽女士回答他说，“不过，他要一个月之后才回来。”“还要一个月啊……”扎图莱茨基先生十分沮丧。“您知不知道他在德国的地址？”“我不知道。”玛丽女士说。

我清静了一个月。

但是，这个月过得比我想象的要快得多，扎图莱茨基先生又站在了女秘书的办公室里。“不，他还没有回来，”玛丽女士对他说。而当她看到我时，便带着一种恳求的口气问我：“您的那位老先生又来了，您到底想让我怎么跟他说？”“您对他说，玛丽，就说我在德国得了黄疸病，在耶拿住院。”几天后，当女秘书告诉他这一消息的时候，扎图莱茨基先生嚷了起来：“住院了？可是，这是不可能的呀，助教先生应该为我的文章写一份阅读报告的！”“扎图莱茨基先生，”女秘书带着指责的口吻说，“助教先生在国外得了重病，而您却只惦记着您的文章！”于是，扎图莱茨基先生脑袋缩回肩膀中间走了，但是半个月之后，他又来了：“我给耶拿的医院发了一封挂号信。可是信却给退了回来！”第二天，玛丽女士见到我时，冲我抱怨：“您的老先生都快把我逼疯了。请您别生我的气，您又让我怎么对他说才好呢？我告诉他说，您已经回来了，得了，您现在就自个儿琢磨着去对付他吧！”

我当然不怪玛丽女士，她已经尽心尽力了，再说，我还远远没有服输呢。我知道我是抓不住的。我的生活完全转入了地下，我偷偷地在星期四和星期五上课，而在星期二和星期三，我却偷偷躲在学校对面，藏在一栋大楼的过道里，幸灾乐祸地看扎图莱茨基先生的好戏，看他等着我从学校中出来。我真想给我自己戴上一头假发，粘上一把假胡子。我把自己当成了夏洛克·福尔摩斯、开膛者杰克[①]，当成了穿越城市的隐身人[②]。我真是开心死了。

但是，有一天，扎图莱茨基先生终于厌倦了捉迷藏，咚咚咚地敲响了玛丽女士办公室的门。“我倒要问一问，助教同志到底什么时候上课呢？”“这个问题，您只要查一下课程表就知道了。”玛丽女士反唇相讥，指了指墙上贴着的一张大图表，那上面一清二

---

① Jack the Ripper，生活于维多利亚时代伦敦底层社会的一个杀手。

② the Invisible Man，英国作家赫伯特·乔治·威尔斯（Herbert George Wells, 1866—1946）的科学幻想小说《隐身人》中的主人公，隐身后引起社会恐慌。

楚地写着每门课程的上课时间。

"我知道，"扎图莱茨基先生可不愿意被人糊弄，"但是，助教同志从来就没有在星期二来上过课，星期三也从来不来。难道他停课了吗？"

"没有呀。"玛丽女士答道，显然有些难堪。

于是，小个子男人把矛头对准了玛丽女士。他指责她把课程表安排得一塌糊涂。她不无讥讽地问，她怎么可能不知道教师们在什么时候上课。他威胁说，他要去校长那里告她。他大吵大闹。他口口声声说，他同样也要控告助教同志，他排了课竟然不上。他问她校长在不在。

不幸的是，校长在。

于是，扎图莱茨基先生敲开校长室的门，走了进去。十分钟之后，他又回到玛丽女士的办公室，直截了当地问她要我的私人地址。

"利托米什尔市，斯卡尔尼科瓦街二十号。"玛丽女士说。

"怎么，他住在利托米什尔市？"

"助教先生在布拉格只有一个临时落脚点，他不希望我把地址告诉别人……"

"我要求您把助教先生在布拉格的家庭地址告诉我。"小个子男人叫嚷起来，嗓音颤声颤气的。

玛丽女士彻底地慌了神。她说出了那个地址，我的小阁楼，我可怜的藏身之地，我幸福的巢穴。这一回，我在劫难逃了。

5

没错，我的固定地址是在利托米什尔市。我在那里有我母亲，还有我父亲的遗物；我一有可能，就会离开布拉格，回到家里工作和学习，回到妈妈的小小居所。所以，我一直把我母亲的地址留作我的永久性地址。但是，在布拉格，我一直无法如我期望的那样，找到一个合适的单身公寓，过一种正常的生活，于是，我在环城马路附近的一个街区，从二房东的手里，租了一间完全独立的小小的阁楼房，我尽可能悄悄地隐居其中，以免无谓地遇上那些不受欢迎的拜访者，省得他们老是看我三天两头调换女朋友。

当然，我不敢夸口，我在公寓楼里的声誉就一定好到什么程度。而且，每当我去利托米什尔市小住时，我差不多总是把房间借给我的伙伴们，他们在阁楼中一玩起来就大吵大闹的，弄得全楼的人夜里都睡不好觉。所有这些激起一部分居民的愤怒，他们向我发起了一场无声的战争，其战斗形式具体表现为：时不时的，街道委员会便会有专门的意见传达给我，甚至还会有控告信递到房管处。

在我这故事发生的年月里，克拉拉开始觉得，每天要从切拉科维采村赶来布拉格上班，实在是一件难事，就决定夜里住在我这里，一开始她还有些腼腆，只是在例外情况下才留下过夜，后来，她留下了一条裙子，再后来，又留下好几条裙子，一段时间之后，我的两件西服就挤到了大衣柜的角落里，而我的小阁楼变成了妇女服装的专柜。

我确实很喜欢克拉拉；她很美丽；我们一起出门时，见别人频频地回头看我们，我心中就别提有多美了；她比我小十三岁，这一情况只会在学生的眼中增添我的魅力；总之，我有一千个理由看重她。然而，我又不愿意别人知道，她就住在我那里。我怀疑，可能已经有人因此而责怪我那位善良的房东，这个上了年纪的人为人谨慎，从不管我的闲事；我担心他有朝一日来找我，怀着沉痛的心情，无可奈何地请我把我的女朋友打发出门，以保全他的良好声誉。因此，我严肃地告诫克拉拉，无论谁来敲门，都不许开。

那一天，她独自在家。白天天气晴朗，艳阳高照，小阁楼中闷热异常，几乎能叫人窒息。于是，她赤裸裸地躺在长沙发上，呆呆地望着屋顶。

就在这时候，突然有人咚咚地敲响房门。

没有什么可大惊小怪的。既然我的小阁楼门上没有门铃，来访者就得直接敲门。这样，克拉拉丝毫不为这一阵骚乱所动，根本就不打算中断自己面对屋顶的沉思。但是，敲门声一直响个不停；而且，它体现出一种冷静而又无法理解的固执。克拉拉终于变得神经质起来；她开始想象站在门前的一位先生，想象他慢慢地、优雅地翻开上衣的里子，随后突然就开口问她，为什么她不马上开门，她到底想掩藏什么，她是不是登记了住在这里。她屈从了一种犯罪感，不再凝视屋顶，目光巡视了房间一周，想找到她放衣服的地方。但是，门敲得那么紧，她在慌乱中竟找不到自己脱下的衣服了，只看到门口挂着的我的那件雨衣。她匆匆套上雨衣，打开了门。

在门口，她看到的，不是一张凶残的老奸巨猾的脸，而是一个小个子男人，他问了一声好："请问助教先生在家吗？""不在，他出去了！""真遗憾。"小个子男人说，彬彬有礼地道歉，"助教先生应该为我的一篇文章写一份阅读报告的。他答应过我了，现在，这件事情十分紧迫。如果您同意的话，我想至少给他留一张字条。"

克拉拉给了小个子男人一张纸和一支笔。当天晚上，我就从那张字条上读到，他那篇关于米科拉什·阿莱什的论文的命运就掌握在我的手中，扎图莱茨基先生正恭候着我撰写早已允诺的报告。他还补充了一句，说他还会到学校找我。

6

第二天，玛丽女士对我说，扎图莱茨基先生已经威胁过她，她一五一十地告诉我，他如何跟她大吵大闹，如何告了她的状；可怜的玛丽眼泪汪汪的，嗓音都变得颤巍巍了；这一次，我真的动怒了。我心里清楚得很，始终玩着藏猫猫游戏的玛丽女士，实际上迄今为止一直是在开玩笑（更多地出于对我的同情，而不是纯粹的取乐），然而她现在感到了威胁，她自然会把我看成是这种冒犯的起因。这些损害还不算，还有更糟糕的事实没有算在里面呢，瞧瞧，玛丽女士被迫泄露了我的小阁楼的地址，有人连续敲了十分钟我家的门，克拉拉已经被吓坏了，想到这一切，我气不打一处来，心中的怒气立即冒了出来。

正当我在玛丽的办公室里来回踱步，紧咬着嘴唇，心中盘算着怎么实行报复，这时，门开了，扎图莱茨基先生出现了。

他一看到我，脸上就放射出幸福的光芒。他向我鞠了一躬，还问了一声好。

他来得太早了，我还来不及考虑复仇计划。

他问我，昨天是不是看到了转给我的字条。

我一声不吭。

他重复了一遍他的问题。

“是的。”我终于答道。

“这么说，那篇报告，您就要写了？”

我看着眼前的他：弱小，执拗，令人生畏；我看到了他额头上垂直的皱纹，它描画出一条表示一种惟一激情的纹路；我看到这道纹路，我明白，这是一条由两个点规定的直线：一个点是我的阅读报告，另一个点是他的那篇论文；除了这条顽固不化的直线的瑕疵，他的生命中就只有一样东西存在，一种惟有圣徒才做得到的苦行。于是，我的脑子里冒出一个邪恶的弥补计划。

“我希望您能明白，在昨天发生的事情之后，我已经没有什么话可以对您说的了。”我说。

“我不明白您的话。”

“不要演戏了。她把一切都告诉我了。抵赖是没有用的。”

“我不明白您的话。”小个子男人又重复了一遍，但是，这一次，语调更为强硬。

我则以一种欢快的、近乎友善的语调说：“听我说，扎图莱茨基先生，我是不打算责备您的。我也一样，很喜欢女人，我理解您。我也一样，换了我的话，我也会对一个年轻姑娘大献殷勤的，假如我独自和她待在一个房间里，而她又光着身子裹在一件雨衣中，保不齐我会做出什么来呢。”

小个子男人的脸唰地就变白了："这是诬陷！"

"不，这是事实，扎图莱茨基先生。"

"是那位女士对您说的吗？"

"她对我无话不说，没有任何秘密。"

"助教同志，这是诬陷，我可是结了婚的人！我有老婆！我还有子女！"小个子男人向前迈了一步，迫使我后退。

"这样就罪加一等了，扎图莱茨基先生。"

"您这是什么意思？"

"我的意思是，结了婚这一事实，使得追女人的人罪加一等。"

"请您收回您刚才说的话！"扎图莱茨基先生说，语气中透着威胁。

"同意！"我摆出和解的姿态，"婚姻并不一定就使追女人的人罪加一等。但是，这算不上什么。我对您说过，我并不责怪您，我非常非常理解您。但是，有一件事情我始终弄不明白，您在企图诱惑一个男人的女朋友之后，怎么还可以强迫他为您的论文写阅读报告呢？"

"助教同志！这完全是卡劳塞克博士，科学院主办的刊物《造型艺术思维》杂志主编的意思嘛，是他要求您写这报告的，您就得写！"

"请您抉择吧！是要我的阅读报告，还是我的女朋友。您不能两者兼得！"

“您怎么能这样呢！”扎图莱茨基先生嚷了起来，愤怒得近乎绝望。

事情也怪了，我突然觉得，扎图莱茨基先生曾确确实实对克拉拉图谋不轨了。我也光起火来，跟他对嚷起来：“您居然也有资格厚着脸皮教训我？您应该为您的所作所为当着女秘书同志的面向我真诚地道歉！”

我转过身，背对着扎图莱茨基先生，他被我说得有些晕晕乎乎，跌跌撞撞地走出了办公室。

“好极了！”在赢得这一番艰难的战斗之后，我总算叹了一口气，我转而对玛丽女士说：“现在，我想他再也不会拿那篇阅读报告来惹我的麻烦了。”

一阵沉默之后，玛丽女士不无腼腆地问我：

“您为什么不想为他写报告呢？”

“我亲爱的玛丽，因为他的文章是一大堆蠢话。”

“那么您为什么不写一篇报告，说他的文章是一大堆蠢话？”

玛丽女士瞧着我，满脸宽容的微笑。正在这时，办公室的门又开了；扎图莱茨基先生出现了，伸长胳膊指着我说：

“我倒要看看，到头来究竟谁向谁道歉！”

伴随着颤抖的声音，这些话一股脑儿从他嘴里倒出来，随后，他就消失了。

7

我记不太清楚了，是那一天，还是几天之后，我们在信箱中发现一个没有写地址的信封。信封里有一张纸，上面用歪歪扭扭的笔迹写着几行很大的字:“女士！星期天请来我家，我们谈一谈我丈夫遭受的诬陷问题！我全天都在家。假如您不来的话，我将不得不采取行动。安娜·扎图莱茨基，布拉格第三区，达利摩洛瓦街十四号。”

克拉拉害怕了，开始责怪起我。我反手一挥，就扫干净了她的担心，我宣称，人生的意义恰恰在于游戏人生，假如人生过于懒惰地对待这一切，就必须再轻轻地给它一个小小的推动力。人应该不断地骑上新的种种历险的马背，无畏地驰骋在奇遇的疆场，不然的话，它就会像一个疲惫的步兵，在滚滚的尘埃中拖着沉重的脚步。当克拉拉回答我说，她不想骑上任何历险的马背，我便向她担保，她将永远不会撞上扎图莱茨基先生，也不会遇到他的妻子，我自己选择的冒险驰骋，不用依靠任何人的帮助就可以驾驭。

早上，我们走出公寓楼时，看门人把我们叫住了。看门人不是我们的敌人。前些日子，我已经聪明地塞给了他五十克朗，从此，我就生活得很自在，我愉快地坚信，他对我的事会睁一只眼闭一只眼，当楼里的敌人找我麻烦时，他也不会火上浇油。

“昨天有两个人来找您。”他说。

“谁？”

“一个小矮个儿和他的太太。”

“他太太长什么样？”

“她比她丈夫高两个头，一个精力很旺盛的女人。严厉无比，杂七杂八的事她全都打听。”接着，他对克拉拉说：“尤其打听您的事。她想知道您是谁，您叫什么名字。”

“我的老天，您都对她说了些什么？”克拉拉惊叫起来。

“您想，我又能对她说什么呢？难道我还知道谁来过助教先生的家吗？我对她说，他每天回来都换一个女的。”

“好极了。”我说着，又从衣兜里掏出一张十克朗的钞票，“以后您就这样说！”

“什么都别担心，”我接着对克拉拉说，“星期天你哪里都别去，没有人会动你一根手指头。”

星期天到了，而在星期天之后，则是星期一，星期二，星期三。什么事都没有。“你瞧。”我对克拉拉说。

可是，星期四有事了。我像往常那样，在偷偷换了时间的那节课上，向大学生们讲解着野兽派，说那些青年的野兽派画家如何怀着满腔的热情，真诚无私地亲密协作，把色彩从印象派的描绘中解放出来。正当我讲得起劲时，玛丽女士打开教室门，进来悄悄地对我说："扎图莱茨基的妻子来找您了！""您知道，我不在学校，让她去查课程表好了。"但是，玛丽女士摇摇头，说："我说了您不在，但是她朝您的办公室瞥了一眼，她看到您的雨衣挂在衣架上。于是，她一直在走廊里等着您。"

急能生智，身陷一条死胡同，反倒激起了我最漂亮的灵感。我对我最得意的学生说："您能不能帮我一个忙？快到我的办公室去，穿上我的雨衣，然后走出学校！一个女人会上来认定您就是我，但是，您的任务很简单，无论如何，要一口咬定您不是我。"

那个学生出去了，一刻钟之后才返回。他告诉我说，任务已经完成，道路已经疏通，那个女人已经打发掉了。

这一回合，我赢了。

可是，星期五又有事了，晚上，下班回家后，克拉拉在那里颤抖个不停。

那一天，一个彬彬有礼的先生突然推开车间的门，那位先生平时负责在缝纫厂的漂亮客厅接待一些女顾客，今天却来到了克拉拉工作的车间。当时，克拉拉正和其他十好几个女工埋头踩着缝纫机。只听得那位先生高声嚷道："你们中可有哪一位住在城堡街五号？"

克拉拉立即意识到，这是冲着她来的，因为，城堡街五号，正是我的住址。不过，我平时特别提醒她的小心谨慎起了作用，她并没有答腔，因为她知道，她是偷偷地住在我那里的，这事不能告诉任何人。“瞧瞧，我正是这样对她解释的。”彬彬有礼的先生见女工们谁都没吱声，就嘟囔一声，出去了。后来，克拉拉得知，原来，他是接到一个女人打来的电话，一个恶狠狠的嗓音在电话中逼着他检查所有女工的地址，并且花费了整整一刻钟，竭力地说服他相信，在这些女工中，有一人应该是住在城堡街五号。

扎图莱茨基先生的影子笼罩在了我们那伊甸园一般的小阁楼上。

“可是，她是怎么发现你的工作地点的呢？这里，在这楼里，没有任何人知道你的情况呀！”我说着，提高了嗓门。

是啊，我确确实实坚信，没有任何人知道我们的生活情况。我活得就像那些怪人一样，他们以为，靠着几堵高墙，就躲避别人冒失的目光，他们却根本没料想到一个微小的细节：那些高墙只不过是用玻璃做的，透明若无。

我早已收买了看门人，让他不要泄露克拉拉住在我这里的消息，我也迫使克拉拉行为要谨慎再谨慎，举止要诡秘再诡秘，尽管如此，整个楼里的人还是都知道了她住在这里。某一天，她在跟三楼某个女房客的闲聊中，竟说漏了嘴，只这一次足矣，全楼的人都知道她在哪里上班。

其实，我们早就被发现了，但我们自己却没有料到。只有一件事还不为我们的迫害者所知：克拉拉的名字。全靠了这个惟一的小秘密，我们才得以躲过扎图莱茨基先生的跟踪，然而，他展开的那一番有条不紊的、孜孜不倦的斗争，就让我浑身起鸡皮疙瘩。

我明白，事态变得严峻起来；这一回，我的历险之马已经漂亮地备好了鞍。

8

刚才说的，是星期五的事。而到了星期六，当克拉拉下班回来后，她又是浑身颤抖个不停。事情是这样的：

扎图莱茨基夫人去了，由她丈夫陪同，到了她昨天打过电话的服装厂。她请求厂长同意她和她丈夫去车间里转一圈，辨认一下在那里工作的女工们的脸。当然，这样的一种调查让厂长同志大吃一惊，但是，面对着扎图莱茨基夫人的固执意愿，他也没有别的办法。她抛出的几句话令人心惊胆战，什么事关一个人的名誉啊，生活遭到毁灭啊，要打官司啊，等等。扎图莱茨基先生待在她的身边，一声不吭，紧锁着眉头。

于是，他们被带到了车间里。女工们纷纷抬起脑袋，脸上漠无表情，克拉拉认出了小个子男人；她的脸色变白了，又埋头干起活来，谨慎得格外显眼。

“请吧。”厂长带着一种不无嘲讽的礼貌口吻，对这一对面部僵硬的男女说。扎图莱茨基夫人明白，得由她来开始，便开口鼓励她的丈夫：“我说，你可给我看准了！”扎图莱茨基先生抬起晦暗的目光，在车间里来回扫视。“她在这里吗？”扎图莱茨基夫人低声问道。

尽管戴着眼镜，扎图莱茨基先生的目光还是不够尖锐，无法一眼就把这乱糟糟的宽阔车间看得清清楚楚，只见这地方满地堆着货，好多服装挂在长长的横杠上，好动的女工们根本无法纹丝不动地面对着车间大门的方向，她们转动着脊背，在椅子上扭着身子，一会儿抬头，一会儿扭头。扎图莱茨基先生不得不决定走进车间，上前一个一个地仔细看。

当女人们被这样细细地端详，而且是被这样一个不受欢迎的人物端详，她们感到心中的一种慌乱和一种羞耻，便讥笑着，起着哄，表达她们的愤怒。其中一个女工，一个强壮的年轻姑娘，还很不客气地叫道："他在到处找婊子呢，看他把肚子搞得多大呀！"

女人们立即哄堂大笑起来，笑声像雨点一样落到两口子头上，他们腼腆地经受住了哄笑，带着一种奇特的傲慢，坚持在那里。

"他娘，"那个粗鲁的姑娘又对扎图莱茨基夫人不客气地喊道，"您也太不会照看孩子了！我要是有一个这样漂亮的娃娃，决不会让他跑出去的！"

"瞧好了。"老婆对老公悄悄耳语道。可怜的小个子男人，一脸忧郁和怯懦的神色，一步接一步地在车间里转着，就仿佛前行在拳脚和辱骂的双重打击中，但他稳步地走着，没有放过哪怕一张脸。

在这整场戏中，厂长一直面带一种中性的微笑；他了解他的女工们，知道这事情会草草地收场；他假装没有听到她们的笑闹，反而上前问扎图莱茨基先生："可是，那位女士，她到底长得什么样啊？"

扎图莱茨基先生一面回头看着厂长，一面低声地慢慢回答道："她长得很漂亮……她的确长得很漂亮……"

就在这时候，克拉拉蜷缩在车间的一个角落，她没有跟着那帮如脱缰之马的女工一道起哄，而是怀着一颗忐忑不安的心，埋头在那里干活。啊，她扮演一个微不足道的和被人忽略的姑娘的角色，扮得多糟糕啊！现在，扎图莱茨基先生离她的工作台只有两步路了；她随时随地都可能被他识破！

"您还记得她长得很漂亮，但这没有任何实际意义，"厂长同志彬彬有礼地提醒扎图莱茨基先生，"漂亮的女人多得是！她是高个儿还是矮个儿？"

"高个儿。"扎图莱茨基先生说。

"她是褐色头发还是金色头发？"

"金色头发。"一秒钟的犹豫之后，扎图莱茨基先生回答道。

我的故事的这一部分，很可以用作关于美之力量的寓言。那一天，扎图莱茨基先生在我家见到克拉拉时，已经迷惑到了极点，实际上，他根本就没有看过她的脸。美在他的眼前搁置了某种视觉的屏障，一种光芒四射的屏障，像一道帷幕把她隐藏了起来。

事实上，克拉拉既不是高个儿，也不是金色头发。只是美的内在的高大，在扎图莱茨基先生的眼中，为她赢得了一种外表上的高大。同样，也是从美本身放射出的光芒，使她的头发赢得了一种黄金般的颜色。

当小个子男人最终走到克拉拉工作的角落，看到她身穿栗色的工作服，蜷缩着身子，埋头缝着一条短裙子，他没有认出她来。他之所以没有认出她来，是因为他从来没有看到过她。

9

当克拉拉断断续续地、令人莫名其妙地讲完她的故事后，我对她说:“你瞧，我们真有运气！”

但是，她带着哭腔反驳我说:“怎么，我们还算有运气吗？他们今天没找到我，明天就会找到了。”

“我倒想知道这是怎么回事。”

“他们会来这里找我的，在你家里。”

“谁敲门我都不开。”

“要是他们叫警察呢？要是他们固执己见，迫使你承认我是谁呢？她已经说了，要告我们，她会指控我诬陷她丈夫。”

“不要这样嘛！我会嘲弄他们一番的。所有这一切只不过是一个玩笑。”

“时代不允许开玩笑，在眼前这年头，人们把一切都看得很严肃；他们会说，我是在故意玷污他的名声。当人们看到他那个样子时，你怎么可能让他们相信，他会诱惑一个女人呢？”

“你说得对，克拉拉，”我说，“人们兴许会把你抓起来的。”

“你在说傻话，”克拉拉说，“你知道，我必须行为谨慎。别忘了我父亲是谁。只要我被传讯到治安委员会，就没我的好果子吃，哪怕只是作一些调查，都会在我的档案中留下记录，我就一辈子也休想离开这工厂了。说到这儿，我倒很想知道，你曾经答应过的事情办得怎么样了？我当模特儿还有戏吗？另外，我不想在你这里过夜了，在这里，我怕他们会来找我，我要回切拉科维采村去。”

这是当天的第一次争论。

还有另一次呢，那是下午，在系里召开全体大会之后。

我们的系主任，一个花白头发的艺术史专家，一个老好先生，把我叫到他的办公室。

“我希望您能明白一件事，您刚发表的研究论文，并没有给您带来什么好处，您明白吗？”他对我说。

“是的，我明白。”我回答道。

“在我们系里，不少教授觉得他们受到了影射，而我们的校长，他甚至认为，这是一次针对他的观点的攻击。”

“对此，还有什么办法弥补吗？”我说。

“没有了。”教授回答道，“但是，助教的聘用期是三年。对您来说，这一期限马上就要满了，而这一位置还有好多人在竞争呢。很显然，按照惯例，委员会将会把这一职位留给一个已经在系里教过课的候选人，但是，依照您目前的情况，您能确信人们还会尊重这一惯例吗？不过，我今天要对您说的，还不是这件事呢。到目前为止，我们听到对您的评价还始终不错：您教课很规矩，您深受学生的欢迎，他们从您这里学到不少东西。但是，您已经不能躺在这一切之上吃老本了。校长刚刚告诉我，三个月以来，您没有上过一堂课，而且您这样做没有任何的解释。这个理由已经足够让学校立即解雇您了。”

我向教授解释说，我没有逃脱一节课，所有那一切只是一个玩笑，于是，我对他讲了关于扎图莱茨基先生和克拉拉的整个故事。

“很好，我相信您，”教授说，“即便我相信您，也于事无补了。现在，系里早已经传得沸沸扬扬，说您一直没有教课。事情已经上报到校务委员会，昨天，学校的评议委员会也讨论了。”

“可是，这一切为什么不早点儿告诉我呢？为什么没有人对我说呢？”

“您想让人们对您说什么呢？明摆着，一切都很清楚嘛。现在，人们回过头来检查您以前的行为，人们寻找着您的过去和您现在行为之间的关系。”

“在我的过去中，谁又能找到什么不好的东西？您本人很清楚，我是多么地喜爱我的工作。我从来没有推脱过一堂课。我问心无愧。”

“任何一个人的生活都含有不计其数的变因，”教授说，“依照人的表现方式不同，我们中任何一个人的过去，都可以变成一个受人爱戴的国家领导人的历史，同样也可以变成一个罪犯的历史。您就彻底地检查一下自己的情况吧。开会时经常没有您的人影，即使您来了，也很少能听到您发言。没人知道您到底是怎么想的。我甚至还记得，当大家讨论严肃的问题时，您嘴里会突然蹦出一个笑话来，弄得大家好不尴尬。当然，这些尴尬，大家马上就忘记了，但是，今天，当人们重新回忆起这些往昔的尴尬，它们就突然具有了一种确切的定义。举例说吧，您总该还记得所有那些女人吧，当她们来找您时，您却让人骗她们说您不在！再举例说，您最近的那篇论文，谁都看得出来，它是从一些错误的政治立场出发写出来的。当然了，这些都只是孤立的现象；但是，我们只要把它们跟您现在的不轨行为对照起来看，就能看得很清楚，它们构成了一个有机的整体，雄辩地揭示了您的精神思想和您的行为举止。”

“可是，我到底有什么不轨行为？”我嚷嚷起来，“我可以公开地解释事情的本来经过；假如人类还是人类的话，他们将只会一笑了之。”

“随您的便好了。但是，您将会发现，人类不成其为人类了，或者，您根本就不知道人类到底是什么样的。他们恐怕就不会笑了。假如您如实地向他们解释事情的本来经过，人们就会认定，您不仅没有按照课程表上的安排履行您的职责，就是说，您没有做您应该做到的事，而且，更糟糕的是，您在偷偷地教课，这就是说，您在做您不应该做的事。随后，人们还将认定，您侮辱了一个求您帮忙的人。人们将认定，您过着一种放荡的生活，一个年轻姑娘未经申报，就住在您家里，这将给校务委员会主席女士带来一种极为不好的印象。事情肯定会传播开来，天知道会有什么样的流言蜚语，所有那些憎恨您的人该乐坏了，他们本来就反对您的观点，正憋着劲找一个借口，好好治您一下呢。”

我知道，教授并不想吓唬我，也不打算引诱我犯错误，但是，我把他看成为一个独特的怪人，我不想向他的怀疑主义屈服。我是自己骑上了这匹马的；我不能允许他来牵着我的缰绳，把我带到他认为对头的地方去。我已经准备好了，随时投入战斗。

而且，马儿也不拒绝战斗。回到家里后，我在信箱里发现一份通知单，传我去街道委员会开一次会。

10

街道委员会位于一个旧店铺中，成员们坐在一张大桌子周围。一个头发花白的男人指了指一把椅子，请我坐下，他戴着眼镜，下巴尖削。我道了谢，坐下来。于是，他便开始讲话。他向我宣布说，街道委员会一段时间以来就注意到我了，他们很清楚我过着一种放荡的生活，这给邻居们带来一种很不好的印象；我那个楼里的居民们早就在抱怨了，因为我的房间吵得慌，闹得他们整夜都无法睡觉；所有这一切，足以让他们对我这个人有了一个确切的概念；而最重要的是，扎图莱茨基夫人同志，一位科学研究者的妻子，前来街道委员会要求帮助：半年多以来，我就应该为她丈夫的科学研究论文撰写一份阅读报告，而我始终没写，尽管我心中十分明白，这篇论文的命运就掌握在我的手中。

"我很难把这篇论文称为科学研究论文，通篇都是东拼西凑的陈词滥调！"我打断尖下巴男人的话，说得非常明确。

"同志，这就奇怪了。"这时候，一个女人插话道，她三十来岁的样子，一头金色的头发，穿戴很是时髦，满脸堆积着灿烂的微笑（似乎生来如此），"请允许我向您提一个问题：您的专业是什么？"

“艺术史。”

“扎图莱茨基同志的专业是什么？”

“我一无所知。他也许寻求同一领域中的研究。”

“你们瞧瞧，”金发女士叫嚷起来，热情奔放地转向委员会的其他成员说，“对这位同志来说，一个同一专业的科学工作者不是一个同志，而是一个竞争对手。”

“我接着说吧，”尖下巴男人继续道，“扎图莱茨基夫人同志对我们说，她丈夫去你家里找过你[①]，并在那里遇到一个女人。很显然，这个女人后来对你诬陷了他，她声称，扎图莱茨基同志试图对她进行性骚扰。扎图莱茨基夫人同志可以提供无可辩驳的证明，证明她丈夫根本无法实施这样一种行为。她想知道那个诬陷她丈夫的女人的姓名，并打算向负责刑事案件的全国委员会提起诉讼，因为这一诬陷损害了她丈夫的名誉，有可能剥夺他的生存手段。”

我试图再一次截除这一事情中畸形发展的部分：“请听我说，同志，这一切根本就用不着。那一篇论文实在写得太糟糕了，岂止我呢，恐怕谁都不会推荐它的。如果说，在那个女人和扎图莱茨基先生之间产生了一场误会，那也完全没有必要专门为此开一个会啊。”

---

① 法译本用的是“你”，而不是“您”。以下的对话中，金发女人和烫头发女人分别以“您”和“你”称呼主人公，语气有所不同。

“很幸运啊，同志，幸亏不是由你来决定有没有必要开我们这个会。”尖下巴男人回答我说，“如果你现在声称，扎图莱茨基同志的论文一无是处，我们就必须把这一点看成是一种报复。扎图莱茨基夫人同志给我们读过一封信，是你知道有这样一篇论文之后写给她丈夫的。”

“是的，我写过这封信。但是，在信中，我对那篇论文的质量没有说过一个字。”

“确实如此。但是，你对扎图莱茨基同志说，你很愿意帮助他；读了你的信，显然让人觉得，你对他的论文很赞赏。而你现在却说，那是一种抄袭。你为什么不立即在那封信中对他说清楚呢？你为什么不对他坦诚相言呢？”

“这位同志是个两面派。”金发女士说。

这时候，一个上了年纪的烫头发的女人插话了；她一针见血地谈到了问题的实质：“同志，我们请你对我们说实话，扎图莱茨基先生在你家里见到的那个女人到底是谁？”

我明白，要把这件事从它荒诞的严肃性之中拔出来，显然是我力所不能及的，我只剩下了一条路可走：把线索搞乱，让克拉拉远离所有这些人，把他们从她身边引开，就像鹌鹑把猎狗从它的巢边引开，宁可牺牲自己的肉体，也要保住幼雏的性命。

“真是麻烦呢，”我说，“不过，我已经不记得那个女人的名字了。”

“怎么？你不记得跟你一起生活的女人的名字？”烫发的女人问道。

“您对待女人的举止似乎可说是典范吧，同志。”金发女人说。

“我可能还能回想起来，不过，我需要好好地想一想。您知道扎图莱茨基先生是在哪一天来找我的吗？”

“是在……请你们等一下，”尖下巴男人说，看了看他的那一沓纸，“十四日，星期三的下午。”

“星期三，十四日……请等一下……”我两手捧住脑袋，在那里思索，“对了，这下我想起来了。她叫海伦娜。”我注意到，他们全都呆呆地盯着我的嘴唇。

“海伦娜……好的，还有呢？”

“还有什么？很不幸，我什么都不知道了。我并没有想打听她的底细。说实话，我甚至都不能肯定她是不是就叫海伦娜。我叫她海伦娜，因为她丈夫长着一头棕红的头发，在我看来就像是墨涅拉俄斯[①]。我是星期二晚上认识她的，在一个舞厅里，趁着她的那位墨涅拉俄斯去酒吧喝一杯时，我上前跟她搭上了话。第二天，她来找我，就在我家度过了下午。傍晚时分，我离开她大约有两个钟头，去学校开会。当我回到家里后，她很伤心，她对我说，

① Menelaus，希腊神话中的斯巴达王，他抢夺了特洛伊王子帕里斯的妻子海伦，从而引起了历时十年的特洛伊战争。这里的“海伦娜”和“海伦”是同一个词。

有一个先生来过，对她非礼。她以为我跟那个先生是串通好了害她的，觉得自己受了伤害，就再也不愿听我说什么。于是，您瞧瞧，我甚至都没有时间知道她究竟姓甚名谁。”

“同志，无论您说的是真话还是假话，”那位金发女士说，“我始终绝对无法想象，一个像您这样的男人居然还在为青年人教课。在我们的国家里，生活对于您难道就只是吃喝玩乐，只是勾引女人吗？请您放心，我们会把我们对这一问题的意见转告有关部门。”

“看门人没有对我们说到一个叫海伦娜的女人，”烫头发的女人插话说，“不过，他倒是对我们说过，一个月以来，你未经申报，就收留了一个在服装厂工作的姑娘。别忘了，您还是三房客呢，同志！你以为你可以随便招谁来住吗？你把你的房间当作妓院了吗？如果你不想把那女人的姓名告诉我们，到时候警察会找到她。”

11

我脚下的地面正在塌陷。我开始感到了教授对我提过的不利氛围。当然，还没有任何人找我去谈话，但我已经听到一些风声。教师们通常都在玛丽女士的办公室里喝咖啡，一边喝，一边聊天，口无遮拦地乱说一通，玛丽听到后，便好心地向我透露了其中的一些说法。几天后，校务委员会将召开会议，听取各方面的意见和评估；我已经想象出委员们正在阅读街道委员会送来的报告，对这份材料，我只知道一点：它是秘密的，但对它的内容我不可能有丝毫的了解。

在人的一生中，有一些时候我们必须委曲求全。必须丢卒保车，放弃那些并不十分重要的阵地，以保全基本的阵地。然而，在我看来，我的爱情是我最后的阵地。是的，在这些动荡不安的日子里，我突然开始明白，我爱我的那位服装女工，我真的十分爱她。

那一天，我跟她在一个教堂门前约会。不能在家里见面，不行。因为家还是家吗？一个四壁玻璃的房间还算是家吗？一个时时被人拿望远镜监视着的房间还是家吗？一个你必须把你所爱的女人藏起来，像藏一件走私品那样藏起来的房间，它还能算是一个家吗？

就这样，在我们家中，我们感觉并不在自己的家中。我们就像是擅入者，感到自己被领进一片陌生的领地，随时随地都有被人抢劫的危险，一听到走廊上有脚步声，我们就如惊弓之鸟，丧失了冷静，每时每刻，我们都担心有人会来敲门，而且敲个没完没了。克拉拉回到了切拉科维采村，在这个家中，这个对我们变得陌生的家中，我们再也不想见面，哪怕只见一会儿也不想。所以，我去求我的一个画家朋友，让他在晚上把他的画室借给我们。那一天，他第一次把钥匙给了我。

于是，我们又在一个屋顶之下相会了，在一个很大的房间中，屋里有一个很小的长沙发，一个宽阔的斜面窗户，从窗户中望出来，能看到晚霞中的布拉格；在沿墙而挂的数量不少的绘画中，在艺术家的这片无忧无虑的狼藉和混乱中，我一下子就重新找到我那古老的自由感，这是多么甜美的感觉啊！我在长沙发上打滚，把开瓶钻钻入瓶塞，打开一瓶葡萄酒。自由，欢快，我滔滔不绝地谈着，陶醉于我们将要度过的美好的晚上和美好的夜。

只是，刚刚弃我而去的忧虑，将它的全部重量压在了克拉拉身上。

我已经说过，她住在我家期间，曾经毫无顾忌，甚至流露出最最自然的本性，但是现在，我们在一个陌生的画室中相会，她却觉得很不自在。岂止是很不自在。“真丢人。”她甚至说。

“什么东西让你丢人了？”我问道。

“你竟向别人借了一套房子。”

“为什么我向别人借一套房子就让你丢人了？”

“因为这里头有某种丢人的东西。”

“我们没法不这样做。”

“我知道，”她说，“但是，在一套借来的房子里，我觉得自己像一个娼妓。”

“我的上帝啊！为什么你会觉得自己像一个娼妓，难道仅仅因为我们在一套借来的房子里？娼妓通常在自己的家里卖淫，而不是在借来的房子里。”

人们常说，女人的心灵中存在非理性的因素，你就是用再理性的力量，也打动不了她心中非理性的坚固栅栏。从一开始起，我们的谈话就笼罩在一种不祥的预兆中。

我把教授对我说的话全都告诉了克拉拉，我还向她讲述了街道委员会会议上发生的事，我试图说服她，我们最终将排除一切障碍。

克拉拉先是沉默了好一阵子，然后，她说我应该对一切负责。“你能不能至少让我跳出这个服装厂呢？”

我回答说，现在，她应该稍稍耐心一些。

“你看，”克拉拉说，“你光会开空头支票，无论如何，你什么实事都没有做。眼下，就算是有人愿意帮我，我也无法跳出来，因为，由于你的错，我的档案里被记了一笔。”

我再三向克拉拉保证，我跟扎图莱茨基先生之间的纠纷，决不会把她给带上的。

“我怎么也弄不明白，”克拉拉说，“你为什么拒绝写那篇阅读报告。假如你写了，一切不就全都平安无事了吗？”

“事到如今，再说这些也都太晚了，克拉拉，”我说，“假如现在我来写这篇阅读报告。他们就会说，我是出于报复才攻击他的论文的，这样，他们就将恼羞成怒。”

“为什么你就非得攻击他的论文呢？给他说一两句好话不就得了吗！”

“我不能这样做，克拉拉，这篇文章是不能写的。”

“那么此后呢？扮演真理捍卫者的角色，你就舒服了！当你写信给这家伙，说你的观点对《造型艺术思维》无足轻重时，你说的难道不是一片谎言吗？当你对他说，他企图诱惑我时，你难道不是在撒谎吗？当你谈到那位海伦娜时，你难道不是在撒谎吗？既然你已经撒那么多次谎了，你再多撒一次谎，给他的论文说句好话，又有什么要紧的呢？这是挽救局面的惟一办法。”

“你瞧，克拉拉，”我说，“在你的想象中，一个谎言跟另一个谎言是相等的，可是你错了。我可以虚构无论什么东西，尽情地讥讽别人，搬弄各种各样的玄虚，开各种各样的玩笑，我都不觉得自己是一个撒谎者；那些谎言，如果你想把它们称为谎言的话，就是我，就是我本来的面目；这些谎言，我不会用来遮掩任何东西，用这些谎言，我说的实际上是真理。但是，有些东西，提到它们时我是不能撒谎的。有些东西，我认识它们的本质，我理解它们的意义，我爱它们。我不对它们开玩笑。在这些问题上撒谎，就将降低我的人格，我不愿意，不要强求我那样做，我是不会那样做的。”

我们彼此不能理解。

但是，我真的爱克拉拉，为了让她不再责怪我，我什么都能做，我豁出去了。第二天，我给扎图莱茨基夫人写了一封信，我在信中告诉她，后天下午两点钟，我在我的办公室里等她。

12

扎图莱茨基夫人十分忠实于她有条有理的精神，在约定的时分，她敲响了我办公室的门。我打开门，请她进来。

这样，我终于见到她的面了。这是一个高个子女人，很高，一张农妇一般的狭长脸，两只浅蓝色的眼睛映衬在瘦瘦的脸上。

“请宽衣。”我对她说。于是，她动作笨拙地脱下深栗色的长大衣，大衣的腰身很紧，剪裁得更古怪，使我联想到老式的军大衣。

我不想首先发起进攻；我想让对手先摊牌。扎图莱茨基夫人落座后，我便拿话语煽动她，让她挑起话头。

她说了起来，嗓音低沉，丝毫没有进攻性:“您知道我为什么来找您。我丈夫始终对您怀有很大的敬意，不仅作为学者，而且作为人。一切取决于您的阅读报告，而您却拒绝为他写。我丈夫为他的论文花费了整整三年的心血。他的生活远比您艰难得多。他是个小学教师，他每天都要赶六十公里路去乡下教书。是我迫使他去年辞退了工作，好让他专心致志地投身于科研工作。”

“扎图莱茨基先生不上班了吗？”我问。

“不上班了……”

“那你们靠什么生活呢？”

“眼下，靠我一个人挣钱养家。科研，那是他的命。您还不知道他都在研究什么呢，您还不知道他写完了多少张纸呢。他总是说，一个真正的学者应该写三百页而只保留三十页。谁知道，后来出了那么个女人。请您相信我，我了解他，他是决然不会做那个女人所说的那种事的，看她敢不敢在我们面前重复一遍。我了解女人，她可能很爱您，而您却不爱她。她兴许想激起您的嫉妒。但是，您可以相信我，我的丈夫绝没有那种胆量！”

当我听着扎图莱茨基夫人的诉说时，我身上突然发生了一件怪事：我完全忘记了一点，正是由于这个女人，我将不得不离开学校；由于这个女人，一个幽灵滑入了我和克拉拉之间；由于这个女人，我有那么多日子是在愤怒和折磨中度过的。现在，在我眼中，她和这个故事（我俩在其中不知扮演了什么角色）之间的整个联系，都变得那么混乱，那么松弛，那么出人意料。我突然明白到，我原先还想象我们自己跨在人生历险的马背上，还以为我们自己在引导着马的驰骋。实际上，那只是我单方面的一个幻觉；那些历险兴许根本就不是我们自己的历险；而从某种程度上来说，它们是由外界强加给我们的；它们根本就不能表现出我们的特点；我们对它们奇特的驰骋根本就没有责任；它们拖着我们，而它们自己也不知来自什么地方，被不知什么样的奇特力量所引导。

另外，当我紧紧地盯着扎图莱茨基夫人时，我似乎觉得，这双眼睛不能一直看透动作的背后，这双眼睛根本就没有在看；它们只是在脸的表面飘浮。

“您说的也许有道理，扎图莱茨基夫人，”我语调妥协地说，“也许，我的女朋友撒了谎。但是，您知道，一个嫉妒的男人会变成什么样；我相信她，我昏了头。这样的事情，谁的身上都会发生的。”

“是啊，当然会发生的。”扎图莱茨基夫人说，显然一副如释重负的样子，“既然您自己已经承认了，这就好。我们担心您相信那个女人的话。弄不好，她会毁了我丈夫的一生，我甚至还没有说到这一切投在他身上的道德阴影。这些，人们毕竟还能忍受。但是，我丈夫最期待的，却是您的阅读报告。在那家杂志社，编辑们向他担保，这一切只取决于您。我丈夫坚信，假如他的论文发表了的话，他就最终被学术界承认了。现在，一切都已经说得再明白不过了，您写这篇报告吗？您能不能尽快地写出来呢？”

我复仇的时刻，我平息怒火的时刻终于来了，但是，就在这一分钟，我再也感觉不到丝毫的愤怒，我对扎图莱茨基夫人所说的话，我都说了，因为我再也不能逃避了：“扎图莱茨基夫人，说到这篇报告，我有一个难点。我干脆对您说实话吧，我来解释这一切是怎么回事。我讨厌当着别人的面说一些不愉快的事。这是我的弱点。我想方设法地躲避扎图莱茨基先生，我以为，他最终会明白我为什么老躲着不见他。实际上，是他的论文很差劲。它没有任何的科学价值。您相信我的话吗？”

“我很难相信您说的这一点。不，我不相信您的话。”扎图莱茨基夫人说。

“首先，这一研究根本就没有独创性。您明白吗？一个学者应该永远带来新的东西；一个学者没有权利抄写众所周知的东西，别人已经写过的东西。”

“这篇论文我丈夫肯定不是抄袭的。”

“扎图莱茨基夫人，您一定读过……”我想继续说下去，但是，扎图莱茨基夫人打断了我的话。

“不，我没有读过。”

我很惊讶。“既然如此，那么，就请您读一读吧。”

“我的视力很糟糕，”扎图莱茨基夫人说。“五年以来，我从来没有读过一行字，但是，我根本用不着去读，就知道我的丈夫到底是诚实还是不诚实。这些事情凭感觉就能知道，并不需要特地去读。我了解我的丈夫，就像一个母亲了解自己的孩子，我了解他的一切。我知道，他所做的一切，永远都是诚实的。”

我不得不忍受最糟糕的事了，我给扎图莱茨基夫人读了几段她丈夫的论文，在这几段中，扎图莱茨基先生引用了好几位作者的观点。当然，这还不是明目张胆的剽窃，却总归是对权威的一种盲从，可以看出来，这些权威在扎图莱茨基先生的心中启迪了一种真诚而又过分的崇敬之情。然而，很显然，没有一家严肃的科学杂志会发表这篇文章。

我不知道扎图莱茨基夫人在何等程度上注意到我的解释，在何等程度听取它，理解了它。她乖乖地坐在她的扶手椅上，像一个士兵那样服从命令，听从指挥，知道自己绝不应该擅离岗位。我足足讲了半个多小时。随后，她从扶手椅上站起来，两只透明的眼睛紧紧地盯着我，用一种干巴巴的嗓音请求我原谅她。但是我知道，她并没有丧失对她丈夫的信任。她并没有责怪谁，她只责怪她自己，因为她没能够驳斥我的论点，在她看来，我的论点实在太晦涩，太难懂了。她穿上了她的军大衣，我明白，这个女人是一个士兵，一个彻头彻尾的士兵，一个忧郁而又忠诚的士兵，一个被长期的战役拖得筋疲力尽的士兵，一个无法理解命令的意义，却始终毫无怨言地执行命令的士兵，一个被打败的但又不失尊严的士兵。

13

“现在，你再也没有什么好害怕的了。”我对克拉拉说。我们坐在达尔马提亚小酒馆里，我已经把我跟扎图莱茨基夫人的谈话内容告诉了她。

“我看不出我以前有什么好害怕的，”克拉拉回答说，她的那份自信着实令我惊讶。

“怎么，你这是什么意思？要不是为了你，我根本就用不着见什么扎图莱茨基夫人的面！”

“可你还是跟她见了面，这很好嘛，因为，你对这些人做过的事很不好。卡劳塞克博士说了，一个明白事理的人很难理解这一点。”

“你什么时候见卡劳塞克的？”

“我见到他了。”克拉拉说。

“你把什么都告诉他了？”

“怎么了？这难道还是一个秘密吗？现在，我可知道你是什么人了。”

“是吗？”

“你想让我告诉你吗？”

“请说吧。”

“你是一个老牌的玩世不恭的人。”

“是卡劳塞克对你说的吧？”

“为什么是卡劳塞克说的呢？你认为我无法独自认识到这一点吗？你认为我无法看穿你的把戏吗？你喜欢牵着别人的鼻子走。你答应过扎图莱茨基先生，要为他写一份阅读报告……”

“我从来就没有答应过他要写阅读报告……”

“而对我，你答应过给我调工作。你利用我来对付扎图莱茨基先生，又利用扎图莱茨基先生来对付我。可是，假如你想知道的话，我可以告诉你，这份工作，我终究会调成功的。”

“靠卡劳塞克吗？”我试图挖苦她一下。

“反正不是靠你！你这个人，你到处开空头支票，你都无法知道自己开多少空头支票了。”

“那么你呢，你知道吗？”

“是的，你的合同将不再续签，如果有一个外地画廊愿意接受你当职员，就算你的万幸了。但是，你必须明白，这一切全是你的错。如果我能给你一个建议，那么，在未来，你最好还是真诚一些，不要撒谎，因为，一个女人无法敬重一个爱撒谎的男人。”

她站起身，向我伸出一只手（很明显是最后一次），然后转过身子，出门了。

我愣在那里，等了好一会儿才明白过来，我的故事（尽管我的四周笼罩着一片冰冷的寂静）并不属于悲剧，倒是个喜剧。

这多少给了我一点点安慰。

II

永恒欲望的金苹果

马 丁

马丁能做我所不能做的事。在随便哪条街上，跟随便哪个女人搭讪。我必须承认，自打我认识他以来（那已经有很长一段时间了），我从他的才能中获益匪浅，因为说到喜欢女人，我丝毫不逊色于他，但我不像他那样胆大包天。不过，马丁有时候也会犯错误，把追逐女人简化为一种卖弄技巧的练习，最后成为目的本身。这样，他常常不无痛楚地把自己比作一个慷慨大方的前锋，把必进无疑的球传给自己的队友，让他轻而易举地得分，轻轻松松地收获一种荣誉。

星期一下午下班之后，我坐在圣瓦茨拉夫广场的一家咖啡馆里，一边等他，一边津津有味地读着一本厚厚的德语书，是关于伊特鲁里亚古文化[①]的。大学的图书馆费了好几个月时间，才为我从德国借来这本书。那一天，我刚刚拿到这本书，我把它带在身上，像是带着一件圣物。马丁迟迟没露面，我内心却十分高兴，

---

① 公元前六世纪以前，由当地的埃特鲁斯坎人创造的灿烂的古文化，它的许多特点后来为古罗马人所吸收。

这样，我就可以在一张咖啡桌上浏览这本渴望已久的书了。

每当我想到这些古老的文化，我的心中都无法不激起某种怀旧情绪。说是怀旧，其实也许还是一种渴望，渴望体会那时候历史进程那种甜美的缓慢。古埃及文化延续了好几千年，古代希腊持续了差不多一千年时间。从这一点来看，人的生活在模仿着历史：一开始，它沉湎于一种纹丝不动的缓慢中，然后，渐渐地，它加快了速度，后来，越来越快。两个月前，马丁越过了四十岁的门槛。

历险开始

是他猛地打断了我的沉思。他突然出现在酒吧的玻璃门前，然后朝我走来，一边走，一边还手舞足蹈朝一个姑娘做着鬼脸，那姑娘正坐在一张桌子前，独自面对一杯咖啡。他在我身边坐下，眼睛却一刻也不离开那姑娘。他问我:“你觉得怎么样?”

我感到难为情。这是真的;我一直全神贯注地埋头于我的书中，对那姑娘一点儿也没有注意;应该承认，她长得很漂亮。就在这时，她抬起了身子，招呼那位系着黑色蝴蝶领结的领班:她要付账。

“快点，你也付账!”马丁命令我。

我们已经认定，我们不得不在街上追她，但是我们很有运气，她在衣帽寄存处又停下了。她在那里存了一个提包，一个女职员不知道跑到哪里帮她去取了来，然后放在她面前的柜台上。然后，姑娘递给女职员几枚小硬币，就在这时候，马丁一把从我手中抢走了那本厚厚的德语书。

“把这放在里面吧。”他以一种再自然不过的口气说道，然后，他小心地把书放进了那位小姐的提包里，小姐似乎有些惊讶，不知道该说什么才好。

“手里拿着这么个玩意儿，实在太不方便。”马丁还在说着，他还抱怨我真没有眼力，真不会来事，没看到姑娘正准备自己来拎提包呢。

她是个护士，在外省的一个医院工作。她只是来布拉格走一趟，现在正要赶着坐汽车回去。在陪她去有轨电车站的短短的路上，我们就对她有了一个基本的了解，我们还说定，星期六，我们去B城找这位美丽的姑娘玩，马丁还没忘提醒她一句，她总该有一个漂亮的女同事吧，到时候一定带来一块儿见一见。

有轨电车慢悠悠地驶来了。我把提包交给姑娘，姑娘示意要把那本书掏出来，却被马丁用一个宽宏大量的动作止住；她星期六还给我们好了，这两天，她还可以浏览一番……她有些尴尬地笑了笑，有轨电车把她带走了，我们一个劲儿地向她挥手致意。

我对此无能为力。我等待了那么长时间的书，突然间就危险地飞到了远方；冷静地考虑这些事情之后，我不禁相当生气；但是，我不知道，是什么样的疯狂用它那猛然展开的翅膀把我高高地托起。马丁倒是连一分钟都没有耽搁，就开始绞尽脑汁地找借口，怎么向他妻子解释，星期六下午，还有星期六夜里到星期日早上，他不能待在家里（因为是这样的：马丁已经结婚，他的妻子很年轻，而且，糟糕的是，他很爱她；而且，更糟糕的是，他还很怕她；而且，更更糟糕的是，他是在为她而担忧）。

一次成功的标定

我借了一辆漂亮的菲亚特车，为我们的远征而用，星期六下午两点，我去马丁家门前接他；他已等在那里，我们立即上路。时值酷暑七月，天气热得要命。

我们想尽早赶到B城，但是，当我们经过一个小村庄，发现两个穿着运动短裤、头发湿漉漉的少年时，我停下了汽车。湖并不太远，就在一排房屋后面。我需要凉快凉快；马丁也同意了。

我们换上游泳裤，下了水。我很快游到对岸，但马丁只是在水里浸了浸，甩了甩身上的水，就出来了。当我游完一个来回，回到滩岸上时，我发现他陷入一种深深的凝望和沉思中。一群孩子在岸上打打闹闹，村里的少年在稍远的地方玩球，但是，马丁的眼睛却盯在一个年轻姑娘健美的身体上，她离我们大约有十五米，背朝着我们。在一种几近完全的纹丝不动之中，她凝视着湖里的水。

“瞧。”马丁说。

“我瞧着呢。”

“你以为怎样？”

“你想让我以为怎样？”

“你都不知道你该说些什么吗？”

“这要等她转过身来再说。”

“我用不着等她转过身来。她显示出的这一侧，对我就绰绰有余了。”

“同意！不过，我们没有时间。”

“标定了，”马丁反驳道，“标定了！”说着，他朝一个穿着游泳裤的小男孩走去。“小家伙，请问，你知不知道那姑娘叫什么？”他指着那个姑娘，她的姿势始终不变，似乎陷入一种冷冰冰的漠然中。

“那一个吗？”

“对，就是那一个。”

“她不是我们村的。”小男孩说。

马丁接着问一个在我们旁边晒太阳的十一二岁的小女孩。

“小姑娘，你知不知道那个姑娘是谁吗？就是那个站在湖边的。”

小女孩很乖地站了起来：“那边的那个吗？”

“是的。”

“她叫玛丽。”

“玛丽什么来的？”

“玛丽·帕内克，是普兹德拉尼村的……”

年轻姑娘始终待在湖畔，背朝着我们。她弯下腰去拿她的游泳帽，当她重新抬起身子，把帽子戴在头发上时，马丁已经来到我的身边："这一位叫玛丽·帕内克，是普兹德拉尼村的。我们可以走了。"

他显得十分平静，十分坦然，很明显，他心里只想着继续旅行。

一点点理论

这就是马丁所谓的标定。他从自己丰富的经验中得出这样的结论，对任何一个在这方面有较大的数量苛求的人来说，最难做到的，并不是诱惑一个姑娘，而是认识足够数量的有待他去诱惑的姑娘。

因此，他宣称，在任何地方，在任何时机，我们始终都应该对女人们实行系统性的标定，或者，换句话说，在一个笔记本里，或者在我们的记忆中，记录下那些讨我们喜欢的、我们有朝一日可以挂上钩的女人的名字。

挂上钩是更高一级的活动，它指的是，跟这一个或那一个女人建立起联系，跟她相识，进一步地接近她。

那些喜爱吹牛皮，喜爱摆老谱的人，往往强调被他们征服的女人的数量；但是，那些喜欢向前看，更加注重未来的人，则首先应该考虑怎样掌握足够数量的被标定的和挂上钩的女人。

在挂钩之上，就只剩下惟一的和最后一级的活动了，为讨好马丁，我很喜欢强调，那些只期望达到这最后一级活动的人，是一些可怜的人，低档次的人，他们使人想起那些业余的乡村球员，在足球场上一味地低头冲锋，奔向对方的球门，却忘记了一条：射门的疯狂欲望并不足以保证他们进一个球（并在此后再进几个球），他们首先应该懂得，如何在绿茵场上踢一场有意识的、有体系的球。

“你认为，你还会有机会去普兹德拉尼村找她吗？”当我们重新驶上公路后，我问马丁。

“这永远也说不准。”他回答道。

“无论如何，”我接着指出，“我们今天有了一个很好的开头。”

游戏与必然

我们精神抖擞地来到了B城医院。时间大约在三点半。我们在门房打电话，叫我们的那位女护士出来。过了不一会儿，她从楼上下来，戴着护士帽，穿着白大褂，我发现她的脸红了，在我看来，这是一个好兆头。

马丁迫不及待地跟她聊起来，姑娘告诉我们，她要到七点钟下班。她请我们到时候在医院门口等她。

“您已经跟您的小姐妹说好了吗？”马丁又问。姑娘作了肯定的回答：

“是的，我们两个一起来。”

“好极了，”马丁说，“不过，我们总不能让我们的朋友到最后一刻才面对既成事实吧。”

“好吧，”姑娘说，“我们先去看她吧。她在外科工作。”

我们慢慢地穿过医院的内院，我腼腆地问道：“我的书还在您那儿吗？”

女护士点点头表示肯定：她还带着它，甚至就在这里，在医院里。我感到心中一块石头落了地，我请她先去把书找来给我。

当然，马丁会认为，我这样公然地表现出喜欢一本书，胜过喜欢一个将被介绍给我的姑娘，实在有些不像话，但是我实在控制不住自己。我不得不承认，这几天里，我一直很痛苦，因为我读不到那本关于伊特鲁里亚文化的书。我需要有一种巨大的意志力，才能勉强忍住不发牢骚，因为我不愿意在任何情况下坏了我们的游戏，从我小时候起，我就明白到要重视这一价值，我知道，我应该压制我所有的个人利益和个人愿望来服从它。

当我激动地拿到我的书时，马丁还在继续跟女护士讨论，他甚至已经进展得那么深远，那姑娘都答应他借一个小屋给我们过夜，她的同事在霍特尔湖边有一个小木屋。我们三个都再满意不过了，我们继续朝外科所在的绿色小楼房走去。

就在这个时候，一个女护士和一个男医生正好从对面走来。那医生长得又高又瘦，像棵豆芽，一对扇风耳，样子非常滑稽，这让我觉得好笑。我们的女护士捅了我一胳膊肘，我就冷笑了起来。当那两人走远后，马丁转过身来对我说：“我的老弟，你的艳福不浅啊。你简直不配有一个那么靓丽的姑娘！”

我不敢回答他说，我刚才只注意了那个豆芽大夫，根本就没有看姑娘一眼，于是，我便连声附和他的看法。从我心里来说，那根本就谈不上什么虚伪。我宁可信赖马丁的趣味，也不信赖我自己的趣味，因为我知道，他的趣味有一种比我远远更广的兴趣的支撑。我喜欢一切事物中的秩序和客观性，也包括爱情之事中的秩序和客观性，所以，我对一个行家的意见，就比对一个业余爱好者的意见更加重视。

有些人可能会认为，一个像我这样已经离婚，又正在讲述自己的一次艳遇（肯定不会是例外的一次）的男人，还说自己是个业余爱好者，实在有点儿太虚伪了。然而我要说：我就是一个业余爱好者。人们可能还会说，马丁当作生活大事来经历的，我却当成儿戏来表演。有时候，我似乎觉得，我那有过许多女人的整个生活，只是对其他人的一种模仿；我不否定我在这一模仿中找到了某种快乐。但是，我无法不想到，在这种快乐中，包含有某种我不知道的东西，它是那么的自由，那么的随意，可以随便地取消，其特点有些类似去参观一个画廊，或者去欣赏一处异国情调的风景，但它丝毫无法跟我从马丁身上看到的——我从他的爱情生活背后感觉到的——那种无条件的说一不二相提并论。我之所以看重马丁，正是因为他那种无条件的说一不二。听他对一个女人作出判断，我似乎觉得，那就是大自然本身，就是必然性本身在通过他的嘴巴判断。

家的光芒

当我们走出医院时，马丁一个劲地提醒我注意，一切顺利得让我们无可挑剔。然后，他补充说:“今天晚上，我们必须快一点。我想在九点钟赶回家呢。”

这话让我着实惊诧不已:“九点钟？可是，这就是说，八点钟我们就得离开这里！照这样的安排，我们根本就用不着到这里来！我还以为，我们将有整整一夜美妙的时光呢！”

“你为什么要我们在这里浪费时间呢？”

“那我们辛辛苦苦开一个小时的车来这里又有什么意思？七点到八点你都想干什么呢？”

“一切。你都听到了，我找到了一个小木屋。这样一来，万事就都齐全了。一切全看你的了，你必须表现出足够的果敢。”

“你能不能告诉我，你为什么非得在九点钟回到家呢？”

“我都答应格奥尔婕妲了。每星期六晚上，我们都要打一会儿牌再睡觉。”

“我的老天啊！”我叹了一口气。

“在昨天的工作中，格奥尔婕妲又遇到烦恼了，你想让我在星期六晚上再剥夺她这小小的快乐吗？你知道，她是我认识的最好的女人。”

他又说：“你应该高兴才是，在布拉格，你毕竟还有整整一个夜晚呢。”

我明白，跟他再争也没用。任何东西都不能平息马丁的那份担忧，那是他期待他妻子平静心态的忧虑；任何东西都不能动摇他的信任，那是他对每一小时、每一分钟中情爱的无限可能性的相信。

“来吧，”马丁对我说，“从现在到七点钟，我们还有整整三个小时。我们不要荒废了！”

欺骗

我们来到公共花园里的大道上，这条大道被当地居民当成了一条林阴路。我们仔细地打量着那里的年轻姑娘，她们有的从我们身边走过，有的坐在长椅上，但我们对她们的外貌都不满意。

马丁还是钩上了其中的两个姑娘，不但跟她们套上话，甚至还跟她们定好了约会，但我知道，那不是认真的。这就是他所说的挂钩训练，担心荒废了特长而不时进行的练习。

我们不无失望地走出公共花园，走上了街道，街道沉陷在外省小城市的空虚与厌烦之中。

“喝点儿什么吧，”马丁招呼我，“我渴了。”

我们找到一家写着“咖啡”字样招牌的店。我们走了进去，但是，那只是一家自助饮料店；厅堂的地上铺着方砖，店内冷冷清清，气氛冷淡；我们走到柜台前，从一个面目可憎的女人手中买了两杯柠檬水，然后端着放到一张污渍斑斑的桌子上，那桌面脏得令人恨不得拔腿溜走。

“不要太在意，”马丁说，“在我们这个世界中，丑陋自有一种积极的功能。没有人愿意在任何地方久留，人们一旦待在一个地方，就打算马上离开，这给了我们的生活一种理想的节奏。但是，我们不要因此而自寻烦恼。这个小酒吧虽然丑陋，却还宁静，在它的保护下，我们可以痛痛快快地聊一聊。”他喝了一口柠檬水，问我：“你已经跟你那位学医的女大学生挂上钩了吗？”

“当然已经挂上钩了，”我说。

“她怎么样？好好给我描述一下。”

我为他描绘了一番医科女大学生，这并没有让我觉得难堪，尽管医科女大学生并不存在。是的。这兴许会在我身上投下一道不利的光芒，但事情就是这样：我虚构了她。

我可以发誓：我这样做并非出于什么邪恶的目的，并非为了在马丁面前自我炫耀，或者牵着他的鼻子走。我虚构这个医科女大学生，只不过是因为，我再也抵挡不了马丁执意的追问。

说到对我活动的关注，马丁实在是太咄咄逼人了。他坚信我每天都有新的艳遇。他对我总是另眼相看，把我看得跟实际上截然不同，假如我对他说，整整一个星期我都没有一次新的艳遇，甚至连个边都没有擦到，他一定会说我太虚伪了。

于是，我不得不对他讲述，几天前，我标定了一个学医的女大学生。他看来很满足，鼓励我进一步跟她挂上钩。今天，他证实了我的进展。

“是哪一类的？是不是……”他闭上了眼睛，在朦胧中寻找一个对照点；然后，他想起了我们都认识的一个女朋友：“……是不是西尔薇娅那一类的？”

“比她更强。”我说。

马丁很是惊讶：“你在开玩笑吧……”

“是你的格奥尔婕妲那一类的。”

对马丁来说，自己的老婆就是最高的标准。马丁对我的叙述非常满意，沉浸到了梦想之中。

一次成功的挂钩

随后，一个穿灯心绒裤子的姑娘走进了饮料店。她径直来到柜台前，要了一份柠檬水。随后，她停在我们旁边的一张桌子前，没有坐下就喝了起来。

马丁朝她转过身子。“小姐，”他说，“我们是外地来的，想问您一些事。”

年轻姑娘莞尔一笑。她确实十分漂亮。

“我们实在热得要命，都不知道怎么办好了……”

“你们去游泳吧！”

“我们正巴不得呢。不过我们不知道，这个城市里哪里有游泳的地方。”

“没有地方。”

“怎么会没有呢？”

“游泳池倒是有一个，但是，一个月前它就没有水了。”

“那么有没有河呢？”

“人们正在疏通河道。”

“那么，哪里还可以游水呢？”

“就只有霍特尔湖了，不过，那至少要走七公里路。”

“这倒没什么，我们有车子，只要您肯做我们的司机就行了。”

“您来当我们的船夫好了。”我说。

“您将是我们的飞行员。”马丁说。

“我们的星星。”我说。

“我们的北斗星。”马丁说。

“我们灿烂的金星。”我说。

姑娘开始被我们愚蠢的玩笑搞得张皇失措，后来还是同意陪我们去；但她还有些东西要采购，然后还要去取游泳衣；于是我们说好，一个小时之后，我们在原地等她。

我们很满意。我们望着她远去的身影，姿态优美地扭着屁股，黑色的鬈发迎风飞扬。

“你瞧，”马丁说，“生命是短暂的，必须好好利用每一分钟。”

赞美友谊

我们又转悠到了公共花园，去察看坐在长椅上的好几对年轻姑娘，但是，当一个姑娘很漂亮时，这种情况倒不少，她的同伴却总是不漂亮。

“这是大自然的一个奇特法则，”我对马丁说，“丑女人往往希望借助她漂亮女友的光彩，而那个漂亮的朋友，则希望在丑陋的对照下放射出更艳丽的光彩；如此说来，我们的友谊就将接受一连串不断的考验了。我引以为自豪的是，我们从来不让偶遇，也不让竞争来决定我们的选择。在我们之间，选择始终是一个礼貌的问题。每一位都向另一位推荐最漂亮的姑娘，在这一点上，我们就像两个彬彬有礼的老先生，让过来又让过去，结果谁也进不了门，因为他们谁也不允许自己在另一个之前进门。”

“是啊，”马丁动情地说，“你真够朋友。来吧，让我们先坐一会儿。我的腿都酸了。”

我们就在公园里坐下了，舒服地靠在长椅背上，让阳光洒落在脸上，就在这几分钟里，我们无忧无虑，让世界在我们周围转动，让时光在我们身边流逝。

白衣裙的年轻小姑娘

突然，马丁挺起了身子（无疑被一种神秘的感觉所触动），目光凝视着公园中荒凉的大道，那里正走来一个穿着白色衣裙的年轻姑娘。尽管距离太远，我们还不能很清楚地看出她身材的比例和脸部的线条，我们还是在她身上窥见了一种特殊的、显而易见的魅力；那是一种纯洁或者温柔。

当她经过我们身边时，我们发现，她非常非常年轻。说小孩又不是小孩，说姑娘还不是姑娘，这当即使我们神魂颠倒，处于一种极端亢奋的状态中。马丁一下子跳将起来："小姐，您好，我是导演福曼[①]。您知道，拍电影的。"

他向年轻小姑娘伸出手去，姑娘的眼睛里露出一种极度惊诧的表情，握了握他的手。

马丁回过头来指着我，说："我向您介绍我的摄影师。"

"我叫翁德里切克。"我说，也跟着伸出了手。

---

① Miloš Forman(1932—)，捷克著名电影家。

她只是点了点头。

“小姐，我们正在犯难呢。我在这里为我的下一部电影选外景。本来我有个助理，很熟悉这一带，说好了在这里等我们，但是，他还一直没有到。我们心里正在嘀咕，该怎么开始游览这个城市以及郊外。我的摄影师，”马丁开玩笑地说，“正从他那本厚厚的德语书里研究这个问题，但是很不幸，他什么都没有找到。”

他对我那本书的影射着实让我生气，因为整整一个星期，我被剥夺了和它在一起的权利。我开始对我的导演发起攻击：“很遗憾，您对这本书没有更大的兴趣。假如您想把准备工作做得严肃认真，您就不应该把整个的资料工作全留给您的摄影师来做，那样，您的电影就会不那么肤浅，里面的错误就不会那么多了。”然后，我连忙向年轻的小姑娘道歉：“对不起，小姐。我们本不希望拿我们的职业争论来冒犯您；确实，我们正准备拍摄一部关于伊特鲁里亚文化在波希米亚的历史电影。”

“原来是这样。”她点了点头。

“这是一本很有趣的书，您瞧瞧！”

我把书递给小姑娘，她怀着一种近乎于虔诚的敬畏之心接过书，开始随手翻阅起来，仿佛意识到我希望她翻阅一下。

“我想，普察切克城堡离这儿不会太远，那曾是捷克伊特鲁里亚文化的中心，但是，怎么去那里呢？”我问道。

“不远，走两步就到，”小姑娘说，她突然变得活跃了，因为她熟悉去普察切克城堡的路，这终于给了她一块更坚实的地盘，能在这场稍稍有些晦涩的对话中站稳脚跟。

“怎么？您熟悉这个城堡吗？”马丁问道，装作如释重负的样子。

“当然啦，”她说，“一个钟头的路就到。”

“走着去吗？”马丁问。

“是啊，走着去。”她说。

“可是，我们有一辆车呢。”我说。

“您来当我们的司机吧。”马丁说。但是，我不希望再继续那种文字游戏的客套了，因为，我的心理判断比马丁更为准确，我觉得，随便的玩笑再开下去的话，就可能会坏我们的事，只有绝对的严肃才是我们最好的王牌。

“我们不想耗费您的时间，小姐，”我说，“不过，假如您真的乐意为我们贡献一两个小时，为我们指点一些我们想参观的本地景点的话，我们将会不胜感激。”

“当然很愿意啦，”年轻的小姑娘说，又点了点头，“我很乐意，但是……”只是在这一时候，我们才注意到，她手里还拎着一个购物网袋，里面有两棵生菜……“我得先把菜给妈妈送去，不过，我家离这里很近，我马上就回来。”

“当然应该这样，先把菜给您的妈妈送去，”我说，“我们就在这里等您。”

“好的，我最多只要十分钟。”她说。

她又点点头，匆匆地跑走了。

“真见鬼！”马丁说。

“确实是一流的，难道不是吗？”

“你这话绝对没错。为了她，我宁可牺牲两个女护士。”

过分轻信的陷阱

十分钟过去了，然后，一刻钟过去了，小姑娘一直没回来。

马丁还一个劲儿地宽慰我："不要担心，如果天下还有什么事情可以确信的话，那就是她一定会回来。我们的表演没有一丝破绽，小姑娘已经着迷了。"

我也是这样的看法，于是，我们一直在原地等着，每一分钟都在激发我们对那个还是孩子的少女的欲望。由于这样，我们硬是错过了跟穿灯心绒裤子的姑娘约会的时间。我们被白衣裙小姑娘的形象迷得心猿意马，甚至没有想到站起来。

时间就这样过去了。

"听我说，马丁，我想她是不会再来了。"我终于说。

"你怎么解释这一切？她相信了我们，就像相信在天的主。"

"是啊。而这恰恰是我们的不幸。她太相信我们了。"

"这又怎么了？您难道愿意她不相信我们吗？"

"这样可能反倒更好。一种过于热烈的信任，便成了最糟糕的盟友。"这一想法占据头脑后，我开始了一番话语："人们一旦把一件事情太当真了，那么，信任就会把这件事推向荒诞的地步。一种政策的真正捍卫者，永远不会把这一政策的诡辩看得太认真，他们看重的，只是掩藏在这些诡辩之后的实际目标。因为，那些政治谎言和那些诡辩的存在，并不是让人们来相信的；它们更多地是被人们用作心照不宣的借口；那些把它们太当真的天真的人，迟早都会发现这里头矛盾多多，漏洞百出，都会开始反叛，最终可耻地成为叛徒和变节者。不，一种过分的信任永远也不会带来任何的好处；不仅对宗教体系和政治体系是如此，而且对我们为吸引小姑娘所采用的体系也是如此。”

“我不明白你的话。”马丁说。

“这话很好理解：对那个小姑娘来说，我们只是两位严肃认真的先生，在我们面前她一心只想表现得好一些，就像在有轨电车上为老年人让座的有教养的孩子。”

“可是，她为什么不一直这样表现到最后呢？”

“这恰恰是因为，她太相信我们了。她把生菜给她妈妈送去了，并满怀着热情把一切讲给她听：历史电影，波希米亚的伊特鲁里亚文化……而她妈妈……”

马丁打断了我的话：“是啊……我明白结局了。”说着，他站了起来。

背叛

太阳在城市的一座座屋顶上慢慢地落下去；清风带来微微的凉意。我们随心所欲地去了那家自助饮料店，想看一看那个穿灯心绒裤子的姑娘是不是还在那里等我们。当然，她不在那里。六点半了。我们朝汽车走去。突然之间，我们把自己看成两个被放逐的人，被赶出一个陌生的城市，失去了它的那些快乐。我们只有到我们的车子里去寻找庇护，似乎只有在那里，我们还能享有一点点治外法权。

“好啦！”刚刚钻进汽车，马丁就叫嚷道，“别这样垂头丧气了！好戏还在我们面前呢！”

我真想回敬他说，我们只有一个小时的时间来演好戏了，因为他的格奥尔婕妲，还有她的牌。但是，我还是选择沉默。

“再说，”马丁又说，“这一天过得很好。标定了普兹德拉尼村的小妞，跟灯心绒裤子的姑娘也挂上了钩；在这个城里，我们已经把一切都准备好了，我们只要再来一次就成。”

我什么都没说。是的。标定和挂钩都很漂亮地成功了。一切都那么井然有序。但是，我突然想到，这个马丁，除了那些标定和那些挂钩，一年来还什么事都没有做成过。

我瞧着他。他的眼睛像往常那样，放射出永远贪婪的微光；在这一刻，我感觉到，马丁对我是多么宝贵，我是多么珍爱他的这面旗帜，他一辈子都在这面旗帜的指引下前进，这是一面永远追逐女人的旗帜。

时间在流逝，马丁说："七点钟了。"

我们把汽车停在离医院栅栏门十米远的地方，这样，我可以通过后视镜观察到医院的大门。

我在继续想着那面旗帜。我心想，随着岁月的流逝，在对女人的这种追逐中，女人越来越少，而纯粹意义上的追逐却越来越多。只要涉及的是预先就知道*无用*的追逐，那么，我们每一天都可以去追逐无数的女人，并由此把追逐变成一种*绝对的追逐*。是的：马丁已经处在绝对追逐的境况中。

我们等了有五分钟。女郎们还没有来。

这根本就不让我担心。她们来也好，不来也好，根本就没有什么关系。因为，就算她们来了，我们能在短短的一个小时中，先把她们带到遥远的小木屋，然后赢得她们的信任，跟她们睡觉，然后在八点钟彬彬有礼地向她们告辞，然后溜之大吉吗？不，从马丁作出决定，让一切都在八点钟结束的那一刻起，他就已经把这一历险转移到了(跟以前那么多次一样！)幻觉游戏的领域。

我们等了有十分钟。没有任何人出现在医院的门口。

马丁恼怒不已，几乎吼叫起来："我再给她们五分钟，我不再多等了。”

马丁不再年轻了，我还在想。他忠实地爱着他的妻子。说实在的，他过着一种最循规蹈矩的夫妻生活。这是现实。而在这一现实之上，在一种清白无辜和令人感动的幻觉的水平上，马丁的青春时代还在继续，一种不甘心、不安分、不吝惜的青春，简化为一种简单的游戏，再也无法超越自己地盘的界线，无法达到生活的真实，无法变成现实。由于马丁成了一个盲目听从必然性的骑士，他自己的爱情历险也随之变成了一种清清白白的游戏，自己却浑然不知；他继续一如既往地投身于其中，乐此不疲。

好，我对自己说，马丁已经成了自己幻觉的俘虏，那么我呢？那么我呢？我为什么还在这可笑的游戏中充当他的助手？我不是早就知道所有这一切只是一个圈套吗？我不是比马丁还更为可笑吗？既然我已经很清楚，一切早都预先确定了，我所能期待的，最多不过是跟那两个陌生的、无动于衷的女人耗费一个小时，那么，我为什么还要装作期望一种爱情历险呢？

就在这个时候，我从后视镜中看到，两个年轻女郎穿过了医院的栅栏门。尽管离她们有一段距离，我还是注意到她们的脸上涂脂抹粉，她们的衣着特别讲究，看来，她们的姗姗来迟跟她们的精心打扮不无关系。她们看了看四周，便朝我们的汽车走来。

“活该，马丁，”我说，假装没有看见那两个女人，“一刻钟过了。我们走吧。”我踩下了油门。

懊悔

我们驶离B城，抛下最后一片房屋，进入田地和树林相间的乡野，太阳落到了山岭上。

我们一声不吭。

我想到了加略人犹大，有一位很有头脑的作家说，犹大之所以背叛耶稣，是因为他无限地信仰耶稣；他没有耐心等待奇迹来到，没有等到耶稣借助奇迹向所有的犹太人表现自己神圣的强力；于是，他把他交给暴徒，迫使他最终行动。他背叛了他，因为他想让他胜利的时刻快速来到。

嗨，我心想，假如我背叛了马丁，那正好相反，是因为我不再相信他（他追逐姑娘神圣的强力）；我是加略人犹大和那个被人叫做不信者多马[①]的卑贱的混杂体。我觉得，由于我的罪孽，我对马丁的同情在不断地增长，他那面对女人永恒追逐的旗帜（这面旗帜，人们听到它在我们的头顶上不断地哗啦啦地飘扬）令我感动得热泪盈眶。我开始指责我的贸然举动。

确实，将来某一天，我是不是也能自行放弃那些意味着青春年华的行动呢？除了满足于模仿它们，除了在我理性的生活中，试图为这一非理性的活动找到一个小小的地盘，我还能做什么别的吗？一切本来就是一个无用的游戏，这又有什么要紧呢？我早就知道了这一点，这又有什么要紧呢？难道因为它是无用的，我就将拒绝玩这一游戏了吗？

---

① Thomas，耶稣十二门徒之一，耶稣死后复活，他不相信，直到看到耶稣身上的钉痕，并用手探到耶稣的肋旁，才相信他的复活。

永恒欲望的金苹果

马丁坐在我旁边的座位上，开始慢慢地消了气。

“你说说，”他对我说，“你那个学医的女大学生，她确实那么出类拔萃吗？”

“我早对你说过了，她属于你的格奥尔婕妲那一类。”

马丁又问了我一些别的问题。我不得不再一次为他描述那位医科女大学生。

随后，他说：“以后，你或许可以把她转给我，行吗？”

我演得跟真的似的：“我担心我很难做到。这会让她很尴尬的，因为你是我的朋友。她是有原则的……”

“她是有原则的……”马丁忧郁地重复了一遍，我看得出来，他为此颇有些遗憾。

我不想折磨他。

“除非我假装不认识你，”我说，“你兴许可以把自己当成是另一个人。”

“好主意！比如说，假装成福尔曼，就像今天那样。”

“她对电影家不感兴趣。她喜欢体育明星。”

“为什么不呢？”马丁说，“一切都是可能的。”于是，我们重新激烈地争论起来。计划每一分钟都比前一分钟更明确，它马上就要在我们的眼前，在开始降临的暮色中摆动起来，像一个成熟的、闪闪发光的漂亮苹果。

请允许我以一种夸张的方式，把这个苹果叫做永恒欲望的金苹果。

Ⅲ

搭车游戏

1

油量指针突然朝零字倾斜，年轻的司机说，这辆敞篷汽车吃油可真是吃疯了。“但愿不要像上一次那样把油耗干。”年轻的（大约二十二岁）姑娘指出，她提醒他这样的情况已经发生过好几次了。小伙子回答说他并不担心，因为跟她在一起时发生的一切，对他来说都具有历险的魅力。姑娘不赞同这一观点，她说：每当他们在荒郊野地断油时，永远都只是她的历险，是她一个人的历险，因为，那时候他总是藏了起来，于是，她就得运用并衡量自己的女性魅力：她招呼着搭上一辆车，让人把她捎到最近的加油站，然后，提着满满的油桶，再搭乘另一辆车回来。小伙子指出，那些让她搭车的驾车者想必是一些讨厌的人，要不然，她怎么一谈到她的差事就像是在谈服劳役呢。姑娘（带着一种笨拙的轻佻）回答说，他们有时候还很殷勤，不过她很少去利用他们，因为她有那只油桶缠着自己，还不等她有时间开展些什么，她就得离开他们了。“魔鬼。”他说。她反驳说，要是说有一个魔鬼的话，那就是他自己。天知道当他一个人行驶在公路上时，曾有过多少年轻女郎截过他的车呢！他一边开着车，一边伸过胳膊搂住她的肩膀，在她的额头上亲了一下。他知道她爱他，她嫉妒了。嫉妒并不是一种可爱的性格，但是如果人们不滥用它的话（如果它和谦逊伴随在一起的话），它的所有不当就被扯平了，它就有了一种我说不上来的动人之处。至少，他是这样想的。因为他只有二十八岁，他以为自己老了，想象自己从女人身上了解到一个男人所能了解的一切东西。他之所以喜欢坐在他身边的姑娘，恰恰是因为他在她身上发现了一般女人身上罕见的东西：纯洁。

当他在公路右侧发现一块牌子，上面标明前方五百米是加油站时，车上的油量指针已经停在数字零处。她几乎还来不及说她感到如释重负，他就已经打亮左转弯灯，驶上了油泵前的平台。但是，前面停了一辆巨大的卡车，挺着一个庞大的油罐，正通过一根很粗的管道往油泵中灌油呢。“来得不是时候。”他说，然后下了车。“要等很长时间吗？”他冲加油工嚷嚷道。“一分钟吧。”“一分钟，我可知道什么叫一分钟。”他想重新坐到车上去，但是他发现，姑娘从另一侧的车门下了车。“请原谅，”她说。“你去哪里？”他故意问她，想惹她难堪。他们彼此认识已经有一年时间了，但她在他面前还是要脸红，而他则十分喜欢她那一刻的难为情；首先，是因为那种羞涩使她有别于他在她之前认识的那些女人，其次，是因为他认识万物稍纵即逝的普遍规则，这使他女朋友的羞涩在他眼中显得格外珍贵。

2

姑娘恨自己不得不求他（他常常连续开上好几个小时的车）在某个小树丛前停一会儿车。当他装傻充愣地问她为什么要停车时，她总是恼羞成怒。她的羞涩是可笑的和过时的，这她知道。在工作中，她已经好几次注意到这一点，别人也因为她的端庄而取笑她，并拿话无情地刺激她。一想到她将要脸红，往往她就先脸红了。她渴望在自己的肉体中感到轻松自如，没有烦恼，也没有焦虑，就像她周围的大多数女人都能做到的那样。她甚至特地为自己发明了一套独特的自我劝导法：她反复对自己说，任何一个人在生下来时，都在几百万可供使用的肉体中获得了一个肉体，就仿佛人们分配给了她一套住所，它就像一座巨大的大厦中其他几百万套住所一样；她对自己说，肉体是一种纯属偶然的、非个体的东西；只不过是一件借用的和现成的物品。她常常把这些车轱辘话来回倒着对自己说，每次都带有一些小小的变奏，但她总是无法把这种感觉方式真正灌输到自己的头脑中。这种灵魂和肉体的二元论，对她来说实在太陌生了。她总是对自己的肉体迷惘不已，以至于不能不为自己的肉体感到担忧。

这种担忧，她甚至在跟这位小伙子相处时也会感到；她认识他已经一年，她感到很幸福，无疑，这是因为他从来不把她的灵魂和肉体区分开来，以至于跟他在一起时，她可以身心合一地跟他分享生活。幸福来自于那种二元论的消失，但是，从幸福到怀疑，距离就不太远了，而她心中满是怀疑。比方说，她心里常常想，比她更有诱惑力的女人（没有忧虑的，那些女人）有的是，她的男朋友是那么了解那一类女人，而且对此毫不隐讳，总有一天会离开她去找那样的一个女人。（当然，小伙子声称他认识的这类女人已经够他一辈子受用的了，但是她知道，他比他自己想象的还要更年轻。）她愿意他全身心地属于她，而她也全身心地属于他，但是，她越是努力地全身心给予他，就越是感到自己拒绝了他一种轻薄的、肤浅的爱所能给予的东西，一种调情所能给予的东西。她便指责自己不善于把严肃和轻浮结合在一起。

但是，今天，她却不折磨自己，她一点儿都没有类似的想法。她感到心情愉快。这是他们假期的第一天（十五天的假期，是她整整一年里渴望的焦点），天空碧蓝（整整一年里，她都在焦虑地自忖，到时候天空是不是会碧蓝如洗），她和他在一起。听到他问“你去哪里”之后，她脸红了，一言不发地匆匆跑开。她绕过孤零零地矗立在路边的加油站；大约一百米以外（沿他们驱车前进的方向），就有一片树林。她朝那个方向飞跑，消失在一片荆棘丛后面，沉浸于一种愉悦的感觉中。（在孤独时，心上人的出现会给她带来欢乐，但是，倘若他一直跟她待在一起，欢乐就会渐渐地消失，必须在孤独一人时，她才能彻底地感受它。）

然后，她从树丛中钻出来，回到公路上；从她所处的地方，可以看到加油站；庞大的油罐车已经开走了。那辆小汽车在向红颜色的油泵柱靠近。她沿公路走着；只是她还不时地回头，看他来了没有。她终于瞥见了他；她停住脚步，开始打出一个手势，就像是一个要搭车的女人向一辆陌生的汽车招呼。小汽车刹住了，恰好停在她的身边。小伙子摇下车窗，从中探出身子，微笑着问她："请问小姐，您去哪儿？""您去比斯特里察吗？"她反问他，脸上带着一种轻佻的微笑。"请上来吧，"他说着，打开车门。她上了车，车子便启动了。

3

每当看到她心情愉快，小伙子总是很高兴；这可不是常有的事：她的工作相当辛苦（工作环境恶劣，经常加班加点，得不到充分休息），家里还有一个患病的母亲；她常常累得筋疲力尽，而且她的神经也不太坚强，缺乏自信，动辄沉陷到担忧与焦虑之中。对她快乐心情的任何表示，他都会像一个兄长那样，回报以温柔的关切。他冲她莞尔一笑，说："我今天很走运。开车五年以来，我还从来没有捎过一个这么漂亮的搭车女郎。"

对男朋友再细微不过的恭维，姑娘都报以感激；为了把这一热情维持下去，她说：

"您可真会撒谎。"

"我有撒谎者的样子吗？"

"您的样子就像一个特别喜欢对女人撒谎的人。"她说。一丝惯常的忧虑神不知鬼不觉地钻进她的话语中，因为，她真的相信了，她的男朋友喜欢对女人撒谎。

通常，他对他女朋友过分的嫉妒总是很生气，但是今天，他轻易地就做到了对此毫不在乎，因为这句话并不是对他说的，而是对着一个陌生的驾车者。他满足于回敬一个庸俗的问题:“您在意吗?”

“假如我是您的女朋友，我当然在意啰。”她说，这可是针对小伙子的一堂微妙的道德课；但是，句子的结尾却只是说给陌生的司机听的:“我倒不在意，反正我也不认识您。”

“一个女人总是更容易原谅一个陌生人，对她的朋友，她反倒不那么会原谅了。”(这是他反过来针对姑娘的一堂微妙的道德课。)“既然我们彼此都是陌生人，那么，我们完全可以相处得很好。”

她假装没有明白他话中有话的微妙训诫，决定接下来只用针对陌生司机的口气说话。“既然我们在几分钟之后就要分手，这对您又有什么利害关系?”

“为什么?”他问。

“您心里很清楚，我要在比斯特里察下车。”

“假如我跟您一起下车呢?”

听了这话，她抬起眼睛看看小伙子，证实他确实如她想象的那样，已经到了让她嫉妒得心如猫挠的地步；她为他对待她(对待一个陌生的搭车姑娘)时的轻佻举止而惊诧不已，她吃惊地看到，他的轻佻竟使他变得那么有诱惑力。于是，她故意用一种挑衅的口气回敬道：

“我倒是很想知道，您会怎么对待我?”

“我根本用不着多考虑，就知道怎么对待一个如此漂亮的姑娘，”他很风流殷勤地说，而这一次，他针对的依然更多的是自己的那位姑娘，而不是搭车姑娘那位人物。

这些阿谀奉承的话，对她来说就像是被她当场抓住的犯罪证据，就像是被一个狡猾的花招给套出来的供认；她感到自己的心被一种突如其来的仇恨所攫住，便说：“您把自己的欲望看成现实了！”

他观察着她：姑娘坚毅的脸上已经皱起眉头；他体会到一种对她的奇特的怜悯，希望重新看到她平常的、熟悉的眼神（他知道它是清纯的、天真的）；他朝她探过身子，搂住她的肩膀，他想取消游戏，便甜甜地叫着她的名字。

但是，她挣脱出来，说：“您也太心急了一点！”

“对不起，小姐。”他说，灰溜溜地碰了颗钉子。随后，他直瞪瞪地盯着前方的路面，再也不说一句话。

4

姑娘迅速地从这一嫉妒中摆脱出来，一如她迅速地陷入。她有着足够的理智，知道这一切只不过是一场游戏；她甚至觉得自己有些可笑，竟把她的男朋友推到了一种嫉妒的状态中；她不希望他觉察到这一点。幸亏她拥有一种神奇的本领，能在事后改变自己行动的意义，她决定要演好这出戏，要显得当时拒绝他不是出于恼恨，而是出于把游戏继续下去的目的，因为这无忧无虑的游戏跟度假第一天的气氛确实十分吻合。

于是她重又变成搭车姑娘，她刚刚拒绝了心太急的司机，这只不过是为了推迟一下他的得手，并给他带来更多的刺激。她微微地侧身转向他，语气温存地对他说："我不想伤害您，先生。"

"请原谅，我不会再碰您了。"他说。

他抱怨她没有理解他，抱怨她在他渴望的那一刻拒绝成为她自己；既然她坚持保留着她的面具，他便把他的愤怒发泄到她所代表的陌生搭车姑娘的头上；于是，他微妙地找到了他该扮演的角色：他放弃了曾作为讨好女朋友得意手段的风流殷勤，开始扮演一个专横粗暴的男人，说到跟女人的关系，这个角色显然把重点放在男性的粗暴一面上：独断专行、恬不知耻、自以为是。

这个角色跟他平时对姑娘的温柔体贴是彻底背道而驰的。尽管在认识她之前，他对女人体现得远没有后来那么温柔，但即便在那时，他身上也没有一丝粗暴男人的味道，没有半点穷凶极恶的痕迹，因为他的与众不同既不在他的意志力，也不在他的肆无忌惮。不过，如果说他跟那一类男人很不相像，有时候，他倒是非常渴望跟他们相像。这无疑是一个相当幼稚的愿望，但这又有什么办法：童稚的渴望摆脱了成人精神的一切樊笼，继续存在下去，有时候甚至在遥远的老年期依然还要冒出来。这种童稚的渴望抓住机会，在别人建议他的角色中体现了出来。

小伙子冷嘲热讽的间离很合姑娘的心意：这使她从她本人身上解放了出来。因为她本人，首先就是嫉妒。一旦她的男朋友不再展示自己诱惑者的才能，而只是换上一副冷冰冰的面孔，那么她的嫉妒也就随之化为乌有。她可以在她的角色中忘却自我，抛弃自我。

她的角色？什么角色？一个从糟糕的文学作品中学来的角色。她叫住一辆汽车，并不是为了去某个地方，而是为了诱惑坐在驾驶座上的男人；搭车姑娘只是一个邪恶的诱惑者，她神奇地善于利用自己的魅力。姑娘轻而易举地滑入了这一可笑的小说人物的皮肤底下，轻松得就连她自己都觉得吃惊，觉得陶醉。

就这样，他们并排坐着，各怀心事：一个成了司机，一个成了搭车姑娘；两个陌生人。

5

小伙子在生活中一直没能找到的，是无忧无虑的心情，这是他感到最遗憾的。他的生活道路被划定得严格至极：他的工作每天消耗了不止八小时的能量；它还以不得不参加的讨厌的会议和家庭学习，浸润到八小时之外；而且，它还通过无数同事的目光，浸润到他本来就少得可怜的私生活时间，私生活也从来得不到遮掩，它已经好几次成了人们流言蜚语和公开谈论的对象。甚至连两个星期的假期，都没有给他带来任何解脱或者历险的感觉；这里也笼罩着一种严格规划的灰色的阴影；由于假期旅游中住宿很紧张，他不得不提前半年就在塔特拉山的一处旅馆预定下一个房间，而为预定旅馆，他还需要工作单位的工会为他开一封介绍信，于是，单位那个无处不在的幽灵，也就时时刻刻地追踪着他的行为举动。

他最终不得不接受这一切，但是他总是十分痛恨这样的一条生活道路，他始终暴露在他人的目光底下，从来就无法躲避。而就在这一时刻，幻象出现了，在他的头脑中，想象中的道路通过一种奇特的短路，跟现实中他正行驶着的道路混为一体；这种奇特而又简短的概念混淆，使他突如其来地生出一个荒唐的念头：

“您刚才说，您要去哪里来的？”

“去比斯特里察。”

“去那里做什么呢？”

“我有一个约会。”

“跟谁约会？”

“跟一位先生。”

小汽车恰好来到一个很大的十字路口。小伙子减慢速度，去看指路的牌子；然后，他向右拐弯。

“如果您不去赴约的话，会发生什么事呢？”

“那将是您的错，您就应该来照料我。”

“您难道没有看到，我刚才已经拐上去新扎姆基的路？”

“真的吗？您真昏了头！”

“不要担心！我来照料您好了。”他说。

游戏一下子获得了一种新的性质。汽车不仅远离了想象中的目标——比斯特里察，而且也远离了现实中的目标，离开了它从一早起就一直在驶向的目的地：塔特拉山，以及预定好的房间。游戏的存在侵占了现实的存在。小伙子既远离了他自己，也远离了他迄今为止还从未偏离过的严格规定的道路。

“您毕竟对我说过，您要去塔特拉山的。”她惊讶地说。

“我会去我想去的地方，小姐。我是一个自由的男人，我会做我想做的和喜欢做的事。”

6

当他们来到新扎姆基时，夜幕刚刚开始降临。

小伙子从来没来过这里，费了好大劲才辨明方向。他好几次停下车子，问过路人旅馆在哪里。街道坑坑洼洼的，他们行驶了大约一刻钟，绕了很多弯，兜了好多圈，才来到了原本很近的旅馆（问过路人之后方知如此）。旅馆没有丝毫动人之处，但它是城里惟一的一家，小伙子车也开得厌倦了。“请在这里等着我。”他说，他下了车。

一旦下了车，他就成为了他自己。突然，他有些讨厌置身于一个完全没有料到的地方；因为没有任何人迫使他来这里，而且说实话，连他自己都不愿意这样。他指责自己的心血来潮，然后，他决心不再为此担心：塔特拉山上的房间可以留到明天去住，以某种意外的方式庆贺这个假期的第一天，有什么不好的呢？

他穿越了烟雾腾腾、人声鼎沸的餐厅，寻找着前台。有人给他指了指大厅的尽头，在楼梯的脚下，有一个枯黄色头发的女人，待在一个挂满钥匙的牌子底下；他好不容易才拿到了最后一个空房间的钥匙。

一旦剩下孤独一人时，姑娘也从她的角色中跳了出来。但她并不讨厌行程的改变。她对她的男朋友是那么的忠贞不贰，以至于从来不对他所做的事情有什么怀疑，她满怀信任地把自己生命的每一个时刻都托付给他。然后，她想象着，他以前在旅行中遇到的别的年轻女郎也曾经在这辆车子里等待过，就像她眼下等着他那样。事情也奇怪，这种想法并没有让她难受；她的脸上露出了微笑；这一次，是她成为这个陌生女人，这一想法让她觉得很不赖；她竟然成了这个陌生女人，一个不负责任，大大咧咧的女人，她成了她曾如此嫉妒的女人中的一个；她以为这样就把她们连根铲除；这样就找到了办法，夺下她们手中的武器；这样就最终送给了她的男朋友她还从来没有送过的东西：轻浮放荡，无忧无虑，恬不知耻；一想到她独自一人就可以集所有的女人于一身，由此独占（她独自一人）她爱人的整个心思，并完全地吸引住他，她就感觉到一种奇特的满足。

小伙子打开车门，领着姑娘走进餐厅。在一片油腻腻的乌烟瘴气中，在一片嘈杂声中，他在一个角落发现惟一的一张空桌子。

7

“现在，让我们看看，您到底怎样来照料我。”姑娘以一种挑衅的口吻说。

“您来不来一点儿开胃酒？”

她平时几乎不沾酒精；她只喝一点葡萄酒，最喜欢波尔图甜酒。但是这一次，她故意回答说：“一杯伏特加。”

“好极了，”他说，“我希望您不会喝醉。”

“醉了又怎样呢？”她说。

他没有回答，叫来侍者，点了两杯伏特加和两份牛排。过了一会儿，侍者端来两杯酒，放到他们面前。

他举起他的那杯酒，说：“为您的健康干杯！”

“您就不能说些更独特一点的话吗？”

在姑娘的游戏中，已经有一些东西开始令他恼怒；既然现在他们面对面地坐着，他明白，如果说她在他的眼中成了另外一个女人，那不仅仅是由于她的话语，还因为她的整个人都已经变形，在所有的动作中，在整个的姿态中，她都已经变了，她以一种令人遗憾的忠实，变得很像是那一类女人，那一类他再熟悉不过的并引起他些微厌恶的女人。

于是，他更改了他的祝酒词（同时一直伸着胳膊举着酒杯）：“好，我不为您的健康干杯，而为您这一类把动物的优点和人类的缺点结合得如此完美的人干杯。”

“当您说到我这一类人时，您是不是在说所有的女人？”她问道。

“不，只是跟您相似的那些女人。”

“不管怎么说，我觉得，把动物跟女人相提并论，并不是一个太聪明的做法。”

“好吧，”他接着说，手里始终举着那杯酒，“我将不为跟您类似的那些人干杯，而只是为您的灵魂；这您同意吗？为您的灵魂干杯，当它从头脑下降到肚子时，它就闪亮，而当它从肚子上升到头脑时，它就熄灭。”

她举起了酒杯：“同意，为了我那下降到肚子里的灵魂干杯。”

“还有一个小小的修正，”他说，“让我们为您那灵魂所下降到的肚子干杯。”

“为我的肚子干杯。”她说，而她的肚子（当他们指出了它的名称时）似乎回应了这一呼唤；她感觉到了她每一毫米的皮肤。

随后，侍者端来了牛排。他们又点了第二杯伏特加，还有苏打水（这一次，他们为姑娘的乳房干杯），而谈话在一种令人惊奇的轻佻语调中继续。他越来越恼怒地看到，他的女朋友对淫妇荡娃的举止娴熟到了何等的程度；他心想，既然她那么善于变成这一人物，那就意味着，她真的就是这样的人；确实，那不是另外一个人，一个不知从何处冒出来、并钻进她皮肤底下的人的灵魂；她如此体现出来的这个灵魂，就是她本人；或者，至少也是她的一部分，平时被她深深地掩藏起来，而凭借着游戏从樊笼中挣脱出来的本性的一部分；她兴许以为，自己可以通过这一游戏否定自己；但是，事情难道不会是正好相反吗？难道不正是这一游戏还她以她本来的面貌吗？使她自己挣脱出来了吗？不，在他面前的，并不是藏在他女朋友肉体下的另外一个女人；那就是他的女朋友，就是她本人，而不是其他任何人。他瞧着她，心里感到一种不断增长的厌恶。

但是，还不仅仅只是厌恶。她在道德上越是于他陌生，他就越是在肉体上渴望她；灵魂的陌生使得她作为女人的肉体更为奇特；更有甚之，这种陌生最终使这一肉体只是一个肉体，就仿佛对他来说，这一肉体迄今为止只是在同情、温柔、友谊、爱情和激情的迷雾中才存在；就仿佛它已经迷失在这一迷雾中（是的，就仿佛肉体已经被丢失了！）。生平第一次，小伙子相信自己看到了他女朋友的肉体。

喝下第三杯掺了苏打水的伏特加后，她站起来，脸上带着一丝轻佻的微笑说："对不起。"

"我能不能问一下，您要去哪里，小姐？"

"尿尿，如果您允许的话。"说着，她在餐桌之间穿行，朝餐厅尽头的法兰绒挂帘走去。

8

姑娘很满意，她总算用这个词把他甩在那里呆如木鸡，当然，这是个无足轻重的词，但是，他从来没有从她嘴里听到过；在她看来，没有什么能比她放在这个词里头的轻浮的夸张更好地表现出她所体现的这个女人；是的，她很满意，她处于最佳的状态中；游戏令她亢奋；它为她带来一些全新的感觉：比方说，一种满不在乎的无忧无虑的情感。

一直为未来那一刻而心惊胆战的她，突然感到一种彻底的轻松。她置身其中的这另一个人的生活，是一种没有羞耻的、没有传记确定性、没有往昔和未来，没有介入的生活；那是一种彻底自由的生活。成为搭车姑娘后，她就无所不能了；一切都在允许之中；说任何话，做任何事，感受任何情感。

在穿越餐厅时，她注意到所有桌子上的人都在观察她；这同样也是一种新的、她从未体验过的感觉：她的肉体带给她的猥亵的快感。直到目前为止，她还从来不知道怎样彻底地从十四岁少女的状态中解脱出来，她一直像个小姑娘那样为她的乳房感到羞耻，每当她想到它们在胸脯上高高隆起显得特别扎眼时，她的心中就会产生一种令人不愉快的下流感。尽管她为自己长得漂亮、身材匀称而自豪，这种骄傲却会立即被羞耻感冲淡：她感到，女性之美首先通过其性挑逗的能力起作用，而这对于她恰恰是某种令人不快的东西；她希望她的肉体只对她所爱的男人展示；当男人们在大街上盯着她的乳房看时，她似乎觉得，那些目光有些玷污她那只属于她自己和她情郎的最秘密的小天地。但是现在，她成了一个搭车姑娘，一个不被命运支配的女人；她从她的爱情那温柔的锁链中挣脱出来，并开始强烈地意识到自己的肉体；那些盯着她的目光对她越是陌生，这肉体就越是令她亢奋。

她经过最后一张桌子的时候，一个喝得有些醉醺醺的男人无疑想显示一下自己是多么老于世故，便用法语招呼她："Combien, mademoiselle?"①

姑娘听懂了。她故意挺起胸脯，一步接一步地使劲扭动着胯部；她消失在挂帘后面。

---

① 法文，多少钱，小姐？

9

这真是一出滑稽的游戏。比如，其奇特来自这样的一点，小伙子即便完美地扮演了陌生司机的角色，他还是一刻不停地在搭车姑娘的身上看出自己的女朋友来。而这恰恰是令他难堪的事；他眼睁睁地看着他的女朋友一门心思地诱惑一个陌生人，而且他还拥有令人忧愁的特权，亲自观赏着这一场景；近距离地看到她的装模作样，亲耳听到她欺骗他（她还将欺骗他）时讲的话；更为悖理的是，他还有幸为她的不忠亲自充当诱饵。

最糟糕的是，他欣赏她远远地胜过他爱她；他总是对自己说，姑娘只有在忠实和纯洁的界线之内才具有现实感，一旦超越这一界线，很简单，她就不存在了；一旦超越这一界线，她就不再是她自己了，就像水一旦过了沸点就不再是水了。当他看到她以一种如此自然的优雅方式越过这一可怕的界线后，他感到胸中的怒火一下子升腾起来。

她从卫生间回来后，忿忿地抱怨说："一个家伙问我：Combien，mademoiselle？"

"没什么好大惊小怪的！您的样子就活像一个婊子。"

“我对此毫不在乎，您知道吗？”

“您本来应该跟那位先生走了！”

“但是，既然我是跟您在一起的。”

“您可以过一会儿再去找他。您只需要跟他谈妥就行。”

“我不喜欢他。”

“可是，一晚上找好几个男人，这可一点儿都于您无碍。”

“为什么不呢？假如他们都是漂亮小伙子的话。”

“您是喜欢跟他们一个接一个地来，还是全部一起来？”

“两样都喜欢。”

谈话变得越来越下流猥亵；她稍稍有些惊讶，但又无法抗议。在游戏中，人是不自由的，对游戏者而言，游戏是一个陷阱；假如这本不是一场游戏，假如他们是两个陌生人，彼此根本不认识，那么，搭车姑娘恐怕早就感到自己受了侮辱，而且早就走掉了；但是，在一场游戏中，她就没有办法一走了事；在比赛结束之前，球队是不能离开赛场的，象棋中的小卒不能够离开棋盘上的方格，游戏场地的界线是不能超越的。姑娘知道，她被定死了不得不接受一切，因为这恰恰是一场游戏。她知道，游戏越是推向深入，它就越是一场游戏，她就越是应该乖乖地玩下去。无论是向理性求救，还是警告昏沉沉的灵魂尽量保持距离，不把游戏当真，都将无济于事。恰恰因为这是一场游戏，灵魂就不害怕，不自我保护，而是像沉湎于毒品那样沉湎于游戏。

小伙子招呼侍者，付了账。然后，他站起身，说:“我们去吧。”

“去哪里?”她问道，假装不明白。

“不要问，跟我走!”

“您是在对谁这样说话呢!”

“对一个婊子。”

10

他们走上了照明极糟的楼梯；楼梯平台上，一群喝得烂醉的男人等在卫生间门口。他从后面搂住她，把她的一只乳房捂在了他手心中。厕所边上的男人们发现之后，便开始起哄。她想挣脱出来，但他叫她别出声。“给我乖乖地走！”他说，这声吆喝招来了那帮男人的一致赞赏，他们冲姑娘七嘴八舌地嚷嚷着，发出淫秽的信息。两人来到了二楼。他打开房间的门，开亮了灯。

这是一个小小的房间，有两张床，一张桌子，一把椅子，一个洗脸池。小伙子锁上门，转身朝向姑娘。她就在他的面前，一副挑战的架势，眼睛里闪动着淫荡的傲慢神色。他直直地瞧着她，试图在这副淫秽的神色下，看出他曾那么深爱的熟悉的线条。这就像要在一个相同的对象身上看出两个形象来，两个重叠的形象，一个透过另一个透明地显现出来。这两个重叠的形象对他说，他的女朋友可以包含一切，她的灵魂是那么惊人地无法琢磨，矛盾的对立都可以在其中找到位置，忠诚和不忠诚，背叛和清白，轻佻和害羞；这种野蛮的混淆在他看来是那么令人作呕，就像一堆杂七杂八的垃圾。两个重叠的形象出现了，始终是透明的，一个在另一个之上，小伙子终于明白，他的女朋友和其他女人之间的区别，仅仅只是一种表面上的区别，而在她广阔的内心深处，他的女朋友其实跟其他女人是相似的，有着各种各样可能的思想，各种各样可能的情感，各种各样可能的毛病，这一切恰好印证了他心中那些秘密的怀疑和嫉妒；小伙子还明白到，人们印象中能体现出性格的外表轮廓，只是一种幻觉，别的人，观察她的人，也就是说他，往往被这一幻觉所骗。他似乎觉得，他那么喜爱的那个样子的她，其实只是他的欲望、他的抽象思维、他的信任的一个产物，而她现实中那个样子的她，现在站在那里，在他的面前，却令人绝望地是另样，令人绝望地陌生，令人绝望地多形。他仇视她。

“你还等什么呢？快脱！”

她轻佻地歪了歪脑袋，说：“有必要吗？”

这一语调在他的耳中唤醒一种记忆，仿佛另一个女人很久以前就对他这样说过，只是他记不得那是谁了。他想侮辱她。不是搭车姑娘，而是她，他的女朋友。游戏终于跟生活混淆成一团。戏弄着侮辱搭车姑娘只是一个借口，他侮辱的是他的女朋友。他忘记了这是一场游戏。他仇视站在他面前的女人。他看穿了她的面目；然后，他从钱包里拿出一张五十克朗的钞票，递给她。“够吗？”

她拿过五十克朗，说：“您真不够大方。”

“你值不了更多。”他说。

她紧紧地靠在他身上:“你对我做得太笨了。应该更加和蔼一些。努一把力吧!”

她搂住了他，把自己的嘴唇凑近他的嘴唇。但是，他伸出手挡住她的嘴，轻轻地把她推开。“我只跟我所爱的女人亲吻。”

“而我呢，你不爱我吗?”

“不爱。”

“你爱谁呢?”

“难道这也跟你有关系吗?快脱!”

11

从来她就没有这样脱过衣服。羞耻、慌乱、眩晕，她在小伙子面前脱衣服时（她不能在黑暗中隐藏自己时）感受过的所有这些感觉，所有这一切全都消失了。她站在他面前，十分自信，十分傲慢，置身于明亮的灯光下，突然很吃惊地发现，自己竟然轻松自如地做起了以前根本不熟悉的、慢悠悠的、具有挑逗性的脱衣舞动作。她一面专注地盯着他的眼睛，一面一件接着一件地脱衣服，充满爱意地品味着这脱衣舞的每一个阶段。

但是随后，当她突然间一丝不挂地站在他面前时，她在心里说，这游戏再也不能继续下去了；在脱下自己衣服的同时，她也摘下自己的面具，变得赤裸裸了，这意味着，从此，她就只是她自己了，小伙子现在应该走上前来，做一个伸手一抹的动作，把一切抹却，从此之后，留下的只有他俩最亲密的抚摩。于是，她赤裸裸地站在他面前，停止了游戏；她感到十分难堪，她的脸上出现一丝微笑，一丝真正只属于她自己的微笑，一丝腼腆的、茫然的微笑。

但是，小伙子呆在那里纹丝不动，没有做任何动作来抹却游戏。他没有看到她那如此熟悉的微笑；在他眼前，他只看到他所憎恨的女朋友的陌生而又美丽的肉体。仇恨剥下了他情感上的美丽外表，让他的感官欲望赤裸裸地暴露出来。她想靠近他，但是他对她说："留在原地别动，让我好好看看你。"他期望的只有一件事，把她当一个妓女来对待。但是，他从来就不知道妓女是什么样子，他只是从文学作品中或者道听途说中得到一些零星的概念。他回想起来的正是这样的一个文学形象，他所看见的第一个形象，是一个穿黑色内衣的半裸女人，在一个闪闪发亮的钢琴盖上跳舞。旅馆房间里没有钢琴，只有一张靠墙而放的小桌子，上面铺着桌布。他命令他的女朋友爬上桌子。她做了一个求饶的手势，但他说："我付你钱了。"

她从他的目光中看出无比坚决的神色，不得不继续把游戏玩下去，但她已经不能再玩了，她已经不会再玩了。她含着眼泪，爬上桌子。桌子只有一平米见方，而且还摇摇晃晃；站在这张桌子上，她直担心会失去平衡。

但他很满意地看到，这个赤裸裸的肉体在他面前站了起来，她那害羞的不自信使他变得更为粗暴。他很想看到摆出各种姿势、从各个角度呈现的这一肉体，就像他想象中其他男人以前看到过它、以后还会看到它的那样。他变得粗暴，淫荡。他满口说着她从未听他说出过口的下流字眼。她想抵抗并摆脱这一游戏，她叫着他的名字，但他让她闭嘴，说她没有权利以这样亲近的口吻对他说话。她不得不茫然地屈从了，眼泪差一点流下来。她按照他的意愿，向前俯身，蹲下来，行军礼，然后，曲起一条腿扭着腰，表演一个摇摆舞；但是，她一个动作做得过猛，桌布一滑，她差点儿摔倒。他一把抱住她，把她拖到床上。

他跟她合二为一。一想到这可恶的游戏终于结束了，想到他俩又能重新像过去那样相亲相爱，她不禁兴奋起来。她想把嘴唇贴到他的嘴唇上去，但是他推开她，又重复说了一遍他只亲吻他所爱的女子。她顿时放声哭了出来。但是，她甚至连哭都不许哭，因为她男朋友狂怒的激情渐渐地夺走了她的肉体，最终，她灵魂的呻吟也窒息了。在床上，很快就只剩下了完全结合在一起的、处于感官愉悦中的、彼此陌生的两个肉体。现在所发生的，恰恰是她迄今为止始终最担心的，恰恰是她始终千方百计要避免的：没有情感、没有爱情的做爱。她知道，她已经跨越了明令禁止的界线，而在这界线之外，她从此就将毫无顾忌，毫无保留。只是，一想到她还从来没有像这一次——跨越了界线——那样，感受到一种如此的快感，一种那么强烈的快感，这时，在她精神的一个小小角落里，她体会到了某种恐惧。

12

随后，一切全都结束。小伙子离开她的肉体，拉了一下悬在床上方的长长的灯绳；电灯熄灭了。他不想看她的脸。他知道游戏已经结束，但他一点儿都不想回归到他们平常关系的世界中；他担心这种回归。黑暗中，他躺在她的身边，避免跟她肉体的任何接触。

过了一会儿，他听到压抑的抽泣声；随着一个腼腆的、童稚的动作，姑娘的手碰到了他的手，她碰了碰他，又缩回去，又碰了碰他，然后，传来一个苦苦哀求的嗓音，夹杂着哭泣，它叫着他的名字，说："我是我，我是我……"

他沉默无声，纹丝不动，心里十分清楚他女朋友的自我肯定为什么充满忧郁而又不踏实，在她的肯定中，未知数是被同一个未知数来定义的。

抽泣声被一声长长的痛哭所代替；姑娘久久地重复着这令人心动的同一串话："我是我，我是我，我是我……"

于是，他开始求援于同情心（他必须远远地招呼它，因为它根本就不在手头），以求安慰姑娘。他们的面前还有十三天的假期呢。

Ⅳ

座谈会

第一幕

值班室

值班室（在无论哪个城市的无论哪个医院的无论哪个科室）里聚集了五个人物，他们的行动和话语编织成一个琐碎的、好不有趣的故事。

这里头有哈威尔大夫和伊丽莎白护士（两人都是上夜班的），还有另外两位医生（某个多少算是无足轻重的借口把他们引到这里，来凑热闹聊天，一块儿喝几瓶葡萄酒）：主任医生是个秃顶，女大夫是个三十多岁的漂亮医生，是另一个科室的，但是全医院都知道她跟主任医生睡觉。

（主任医生显然已婚，他刚刚很得意地说了一句至理名言，颇能证实他的幽默感和他的志向："我亲爱的同事们，一个人的最大不幸，在于一次幸福的婚姻。没有任何离婚的希望。"）

在这四个人物之外，还有第五个，但是说实在的，他眼下并不在这里，由于他年纪最轻，他们刚刚差他出门去再买一瓶葡萄酒。还有窗户，它很重要，因为它朝黑暗的夜空而开，并让月光连同夏季温馨而又清香的夜风连续不断地进入房间。最后，还有融洽的气氛，所有人都兴致勃勃地聊着，海阔天空地神侃，尤其是主任医生，似乎正在洗耳恭听自己说的那些无聊话。

过了一会儿（正是在这一时刻，我们的故事开始了），某种紧张气氛弥散在房间里：伊丽莎白酒喝得过了一个值班护士不该过的量，更有甚之，她冲哈威尔大夫作出轻佻的挑逗举动，结果把他给惹恼了，反给了她一通严厉的警告。

哈威尔大夫的警告

“亲爱的伊丽莎白，我可实在搞不懂您了。每天每日，您都在化脓的伤口中折腾，您都在老年人干硬的屁股上扎针，您给人灌肠洗胃，您给人端屎端尿。命运给了您令人艳羡的机会，得以从整个形而上来把握男人肉体本质上的虚幻。但是，您的生命活力却拒绝听从理性。没有任何东西能动摇您顽固的意愿，您总是想成为一个肉体，仅仅是一个肉体。您的乳房隔着五米的距离就跟男人们磨蹭！一看到您在那里走动，您那不知疲倦的屁股在那里勾勒出永恒的螺旋线，我的脑袋就犯晕。真见鬼，快离我远点儿！您的乳房就像上帝那样无所不在！您早该去打针了，都已经晚十分钟了！”

哈威尔大夫就像死神那样。他带走一切

当伊丽莎白护士（一脸不开心地）离开值班室，被叫去给两个老屁股打针后，主任医生开口说:“请问，哈威尔大夫，您能不能给我解释一下，您为什么要如此固执地拒绝这位可怜的伊丽莎白？”

哈威尔大夫喝了一口酒，答道:“主任，这您可不要怪我。我并不是因为她长得丑，或者因为她不再青春年少。请相信我的话！我曾经有过相貌更丑，岁数更老的女人。”

“是的，我们了解您：您就像是死神；您带走一切。不过，既然您带走一切，那为什么不把伊丽莎白也带上呢？”

“兴许，”哈威尔说，“这是因为她表现自己欲望的方式过于直率，以至于简直像是在发号施令。您说我对待女人就像个死神，死神可不喜欢别人对他发号施令。”

主任医生的最大成功

“我相信我能理解您。”主任医生答道，“前几年我更年轻一些的时候，认识一个姑娘，她跟所有人都睡觉，由于她长得很漂亮，我决定把她弄到手。可是你们猜得到吗，她竟然不愿跟我！她跟我的同事睡觉，她跟司机、跟厨师、跟太平间抬尸体的工人都睡觉，而我却是惟一一个她不愿意睡的人。你们能想象得到吗？”

“当然能。”女大夫说。

“假如您想知道的话，”在大庭广众之下，主任医生对自己的情妇以“您”相称，这会儿，他有些不太高兴地继续说，“在那个年代，我刚毕业还没几年，取得了很大成功。我当时坚信，任何女人都是可以到手的，我也成功地证明了这一点，把更难到手的女人都弄到了手。可是您瞧，对这个如此轻浮的姑娘，我却吃了闭门羹。”

“以我对您的了解，您当然会有一种理论来解释这个。”哈威尔大夫说。

“是的，”主任医生说，“性爱不仅仅是对肉体的渴望，在同样的程度上，它还是对荣誉的渴望。一个为我们所拥有的性伴侣，看重我们并爱着我们的性伴侣，变成我们的一面镜子，她衡量着我们的重要性和我们的价值。从这一观点来看，对付那个小婊子对我来说就不是一项容易的使命。当您跟谁都上床睡觉，您就不再相信，跟性行为一样平庸的一件事情还能具有一种重要性。这样一来，您就得从反面来寻求真正的性爱荣誉。只有一个想得到她却遭到她拒绝的男人，才能为我们这个小婊子提供一面镜子，衡量出她的价值。正因为她想在她自己的眼中成为最好的和最漂亮的女人，她才需要选中惟一的一个男人，通过拒绝他，通过对他表现出极端的严格和苛刻，来证实自身的价值。她最终选定的男人就是我，我明白，这对我是一种例外的荣誉，直到今天，我还把这个看成是我爱情生活中最大的成功。”

“您拥有一种超人的本领，可以变水为酒。”女大夫说。

“我没有把您看成我最大的成功，您是不是生气了？”主任医生说，“您一定得理解我。尽管您是一个有德行的女人，我对您来说，却既不是第一个，也不是最后一个（您不可能知道，我对这一点是多么耿耿于怀），而对那个小婊子来说，我却是。请相信我的话。她始终没有忘记我，直到今天，她还恋恋不舍地回忆，她曾经将我拒之门外。要知道，我对你们讲起这一段故事，只是为了揭示，它跟哈威尔对待伊丽莎白的态度有多么相似。”

赞美自由

“我的天呢，主任，”哈威尔说，“您该不是想说，我要在伊丽莎白的身上寻找衡量我人性价值的镜子吧。”

“当然不是！”女大夫冷嘲热讽地说，“您早就对我们解释清楚了。伊丽莎白的挑衅举止对您起到了发号施令的效果，而您还想保留那样的一种幻觉，是您自己在选择可以跟她们睡觉的女人。”

“您知道，既然我们开诚布公地说透了，我要说，情况并不完全如此，”哈威尔若有所思地说，“事实上，当我说让我难堪的是伊丽莎白的挑衅举止时，我只是想开个小小的玩笑。说实在的，我有过比她更具挑衅性的女人，她们的大胆泼辣正合我的心思，因为这样一来，事情就会很顺利，丝毫不会拖延。”

“那么，您说说，魔鬼，您为什么不要伊丽莎白？”主任医生已经嚷嚷起来。

“主任，您的问题并不像我一开始想象的那样荒唐，因为我发现，我实在很难回答。说实话，我不知道我自己出于什么理由没有接受伊丽莎白。我接受过更丑陋、更年老、更泼辣的女人。人们可能会就此得出结论，认为我最终必定会接受她。所有的统计学家都会这样想。所有的电脑都得出这样的结论。而你们瞧，兴许正因为如此，我才不接受她。我兴许想对必然性说一声不。把因果规律绊倒在地。以一个自由仲裁者的任性，来改变万物的规律，来挫败无聊的预见。”

“可是，为什么在这一目标中选择了伊丽莎白？”主任医生还在嚷嚷。

“恰恰是因为这根本就没有原因。假如有一个原因的话，人们可能早就发现它，并由此早就规定了我的行为。而恰恰是在这种没有原因中，上帝赋予了我们一点点的自由，我们应该孜孜不倦地追求这一自由，让这个充满着铁定规律的世界中，还能留存一点点的人类无序。我亲爱的同事们，自由万岁！”哈威尔说，他忧郁地举起酒杯来干杯。

责任的范围

就在这个时候，一瓶新的葡萄酒来到值班室，立即吸引了所有在场医生的注意力。一个笨手笨脚的漂亮年轻人站在门口，手里提着一瓶酒，他就是弗雷什曼，在科室里实习的医科大学生。他把酒瓶（慢慢地）放在桌子上，（久久地）寻找着开塞器，然后，他（不慌不忙地）把开塞器插进瓶塞，（若有所思地）把它钻入塞子，最终（梦游似的）拔出了软木塞子。上面这些括号强调的是弗雷什曼动作的迟缓，他的这种缓慢所体现的，是一种漫不经心的欣赏，而不是笨拙，我们这位年轻的实习医生就是带着这种漫不经心的欣赏，认真地注视着人的内心，而忽略着外部世界无足轻重的细节。

“所有这一切全都毫无意义，”哈威尔大夫说，“不是我拒绝伊丽莎白，而是她不想要我。嗨！她疯狂地爱上了弗雷什曼。”

“我？”弗雷什曼抬起了脑袋，随后，他迈着大步，把开塞器放回原处，然后回到小桌子前，往酒杯里倒酒。

“您确实是个好小伙，”主任医生附和哈威尔的意见，“除了您，所有人全都知道这一点。您的脚一踏进我们科室的门槛，她就寝食不安。到如今，这已经持续两个月了。”

弗雷什曼（久久地）瞧着主任医生，说：“我确实一无所知。”接着，他又说：“无论如何，这跟我没有关系。”

“那么，您所有那些庄严的誓言呢？您所有那些关于尊重女性的结论呢？它们都到哪里去了？”哈威尔说，假装一副十分严肃的样子，“您让伊丽莎白深受痛苦，难道您能说这跟您没有关系吗？”

“我当然对女性富有同情心，我永远也不会有意地伤害她们。”弗雷什曼说，“但是，我无意中所做的，当然跟我没有关系，因为我对此无能为力，所以我也没有任何责任。”

这时候，伊丽莎白回来了。毫无疑问，她的心中已经打定主意，她最应该做的事情，就是彻底忘却刚才的侮辱，装得跟什么事都没有发生过似的，于是，她的举止反倒体现出一种异乎寻常的别扭。主任医生为她拉过一把椅子，给她倒上酒。“喝吧，伊丽莎白！忘了所有那些不愉快！”

“那当然。”伊丽莎白满脸微笑着说，一口喝干了杯中的酒。

这时，主任医生又一次对弗雷什曼说：“假如人们只对自己有意做下的事情负责，那么，白痴不管犯什么罪过，事先就已经得到了宽恕。只不过，我亲爱的弗雷什曼，做人就应该有自知之明。做人就应该为自己的无知行为负责。无知的行为就是过错。因此，没有什么能够为您开脱，我宣布，您对待女性就像是一个乡巴佬，即便您否定也没有用。”

赞美柏拉图式的爱

哈威尔又朝弗雷什曼发起攻击：

“您最终有没有为克拉拉小姐搞到答应过给她的公寓套房？”他说，以此提醒他，他追求某一个（他们都认识的）姑娘是没有结果的。

“还没有，但是我会尽力而为的。”

“我请您注意，弗雷什曼在女人面前是一位绅士。他不向她们讲故事。”女大夫插话说，为弗雷什曼作起了辩护。

“我无法忍受人们粗暴地对待女性，因为我对她们富有同情心。”实习医生重复道。

“不管怎么说，克拉拉在吊您的胃口。”伊丽莎白对弗雷什曼说。她很不礼貌地哈哈大笑起来，笑得主任医生实在看不下去，便接过话头说：

“吊胃口也好，不吊胃口也好，都不像您想的那么重要，伊丽莎白，正如众所周知的那样，阿贝拉尔被阉了，但这不能阻碍他和爱洛绮丝成为忠实的情侣[1]。乔治·桑和弗雷德里克·肖邦[2]一起生活了七年，但纯洁得如同一个处女，人们至今仍在谈论他们的爱！当着如此尊贵的诸位的面，我不愿意再一次提及那个小婊子的情况，就是那个通过拒绝我，从而给了我一个女人能给一个男人的最高荣誉的小婊子。好好记住这一点，我亲爱的伊丽莎白，在爱情和您一直在想的那东西之间，其实并没有多少关系，反正比人们想象的少得多。不要怀疑了，克拉拉爱着弗雷什曼。她待他很不错，然而她拒绝他。这在您看来很不合逻辑，但是，爱情恰恰就是不讲什么逻辑的。”

“可是，这有什么不合逻辑的呢？”伊丽莎白说，又一次肆无忌惮地哈哈大笑起来，“克拉拉需要一套房子，正因如此，她才待弗雷什曼不错。但是，她并不想跟他睡觉，因为她兴许已经有别的在一起睡觉的人了。但是，这个别人又无法为她解决房子问题。”

这时候，弗雷什曼抬起脑袋说：“您也够让我烦的了。简直像一个小女孩，她犹豫不决，兴许是由于害羞吧？您难道就没有过类似的情景？或者，她兴许有病，要瞒着我？身上有一道很难堪的伤痕？有些女人有一种可怕的羞耻心。反正，那是一些您还不太明白的事情，伊丽莎白。”

“或者，”主任医生说，过来声援弗雷什曼，“当克拉拉跟弗雷什曼面对面相处时，爱的焦虑使她惊慌失措，以至于无法跟他做爱。您可能无法想象，伊丽莎白，您爱一个人会爱到根本无法跟他做爱的地步吧？”

伊丽莎白承认她无法想象。

① Abélard和Héloïse，法国历史上和传说中的一对忠贞不渝的情人。在历史上，阿贝拉尔和爱洛绮丝确有其人。皮埃尔·阿贝拉尔（1079—1142）是个神学家，爱洛绮丝（1101—1164）是他的学生，两人相爱后偷偷结婚。他们的爱情遭到爱洛绮丝的叔叔大司铎富尔拜的反对，阿贝拉尔甚至因此而遭到富尔拜手下人的阉割。后来，阿贝拉尔和爱洛绮丝分别进了修道院，但两人一直保持通信关系，长达二十多年。

② George Sand（1804—1876）年长Fryderyk Chopin（1810—1849）六岁，他们从一八三八年起保持了长达七八年的亲密关系。

信号

在此，我们可以暂时撇开他们的谈话（永远添加着一些新的无聊话）一阵子，来解释一下一个现象，从这天晚上开始，弗雷什曼一直在使劲地盯着女大夫看，因为，自从他第一次见到她以来（已经有一个月了），他就深深地喜爱上她。她三十岁成熟年龄透出来的庄重令他神魂颠倒。到目前为止，他每次见到她都只是匆匆相遇，而今天晚上是上帝赐予他的第一个机会，可以在一段时间里跟她坐在同一个屋子里。他仿佛觉得，她也在时不时地回应他的飞眼，为此他心里十分激动。

就这样，在交换了一阵子眼色之后，女大夫突然站起身来，走到窗户前："夜色多么美啊。月亮这么圆……"她的目光又一次机械地落到弗雷什曼的身上。

而这一位，对这一类的情景可谓嗅觉灵敏，立即明白到这是一个信号，一个发给他的信号。恰恰就在这一时刻，他觉得胸中涌起一阵浪潮。他的胸膛确实是一件敏感的乐器，完全称得上是斯特拉迪瓦里[①]作坊的杰作。他不时地体验到这样一种汹涌澎湃的感觉，每一次他都坚信，胸中的浪潮拥有一种不可避免的预见力，预示着某种崇高的、前所未知的、超乎他梦想的东西的来临。

这一次，他被这一浪潮冲得神魂颠倒，而且（在他脑子里的某个还没有被冲颠倒的隐蔽角落）十分震惊：他的欲望怎么可能有一种如此大的力量，在其召唤下，现实竟会乖乖地跑来听从命令？他一刻也没有停止过惊诧自己的能力，惊诧之余，他始终窥伺着时机，只盼着大伙儿的谈话变得更为热烈，好趁机从对手的眼皮底下溜走。当他认定这一刻终于来到时，他便悄悄地从值班室消失了。

① Antonio Stradivari（1644—1737），意大利小提琴制造家，使小提琴制作的手艺达到登峰造极的地步。

叉着手臂的漂亮小伙子

正在举行这次即兴座谈会的科室，位于一座漂亮小楼房的底楼，这小楼房（紧挨着其他的小楼房）建造在医院的大花园中。弗雷什曼刚刚走进的正是这个花园。他背靠在一棵高大的梧桐树上，点燃一支香烟，凝望着夜空：现在正是盛夏季节，空气中弥漫着花香，圆圆的满月悬挂在黑乎乎的空中。

他努力想象着将要发生的事：刚刚向他发出开溜信号的女大夫兴许正等着某个时机，一旦她那位秃顶谈得起了兴，放松了警惕，她就会悄悄地暗示他，一种小小的自然需要将迫使她不得不离开一会儿。

随后又将发生什么事呢？随后，他更希望不去想象，什么都不去想。他胸中的浪潮预告了一段艳遇，而这于他就足够了。他相信他的机会，相信他的爱情之星，相信女大夫。他在他自信心（总有点吃惊的自信心）的安慰下，沉湎于一种惬意的消极状态中。因为，他总是看到自己成了一个富有诱惑力的、被人渴望被人爱的男人，他很喜欢就这样（风度潇洒地）叉着手臂，等待艳遇的来临。他坚信，叉着的手臂可以刺激并征服女人和命运。

应该趁此机会强调一下，弗雷什曼会常常——即便不能说永远的话——看到自己，以至于他总是有一个重影陪同，而他的孤独也彻底地变得很有趣了。比如说，今天晚上，他不仅仅倚靠着一棵梧桐树，吸着烟，他同时还兴味盎然地观察着这个靠着一棵梧桐树、漫不经心地吸着烟的（漂亮而又朝气蓬勃的）男人。他久久地享受着这一情景，最后终于听到了轻轻的脚步声从小楼房那里传来。他故意不转过身来。他继续吸着烟，吐出一口烟，眼睛一直望着夜空。当脚步声越来越近，响到了跟前时，他以一种温柔而又得意的声调说："我知道您会来的。"

撒 尿

“这又没有什么太难猜的，”回答他的是主任医生，“我更喜欢在大自然中，而不是在现代化的设施中撒尿。这里，很快地，金色的细水柱将把我跟腐殖质、跟青草和土地神奇地结合在一起。因为，弗雷什曼，我是灰尘，过一会儿，我就将回归于灰尘，至少是部分地。在自然中撒尿是一种宗教仪式，我们通过它向大地承诺，总有一天，我们将全部地回归于它。”

弗雷什曼一声不吭，主任医生问他：“那么您呢？您是出来欣赏月色的吗？”弗雷什曼还是固执地一声不吭，于是，主任医生继续道：“您真是一个跟月亮有缘的人①。弗雷什曼，正是因为这个我才喜欢您的。”弗雷什曼把主任医生的话当作了一种讽刺挖苦，便用一种冷冰冰的口气说：“别拿什么月色来烦我了。我也是来这里撒尿的。”

“我的小弗雷什曼，”主任医生温情脉脉地说，“我把您的这句话当成是您对您这个上了年岁的头儿特别表示的友好感情。”

于是，他俩一齐站到梧桐树下，来完成那个举动，我们的主任医生总是怀着一种永不熄灭的热情，并通过不断刷新的形象，把这一行动比作一种神圣的仪式。

① lunatique，除了有“受月亮影响的人”的意思外，还有“古怪的”的意思。

第二幕

冷嘲热讽的漂亮小伙子

他们穿过长长的走廊返回，主任医生兄弟般亲热地搭着实习医生的肩膀。实习医生心里很清楚，这个嫉妒成性的秃顶一定猜透了女大夫的信号，现在正用各种虚情假意来讥讽他呢！当然啰，他不可能把主任的手从自己的肩膀上挪开，这使他的气更是不打一处来。只有一件事还能让他心中感到宽慰：他确实是怒气冲天，但他也在这一怒气中看到了自己，他看到了自己那张脸上的表情，他很满意这个年轻小伙子怀着满腔的怒火回到值班室，而且，在这惊奇之中，突然显现出一种完全不同的面貌：锋芒毕露，尖酸刻薄，如恶魔一般。

当他们走进值班室时，伊丽莎白正站在屋子的中央，大幅度地扭动着腰肢，嘴里还哼着一段旋律。哈威尔大夫低下了目光，女大夫为了平息刚进来的人的震惊，连忙解释道："伊丽莎白在跳舞。"

"她喝多了。"哈威尔补充说。

伊丽莎白在低着脑袋的哈威尔大夫面前，不停地扭摆着腰胯，抖动着胸脯。

“您是在哪里学会这种漂亮舞蹈的？”主任医生问。

弗雷什曼冷不丁放肆地大笑起来：“啊！啊！啊！一场漂亮的舞蹈！啊！啊！啊！”

“这是我在维也纳的一家脱衣舞夜总会看到过的一个节目。”伊丽莎白回答主任说。

“行了，行了，”主任医生有点生气，轻微地责备道，“从什么时候起，我们的女护士开始光顾脱衣舞夜总会了？”

“这可没有被明令禁止啊，主任！”伊丽莎白一边说，一边团团地围着他转，同时使劲地抖动着胸脯。

一股怒火在弗雷什曼的胸中升腾，寻找着一个发泄的出口。“您需要的，”他说，“是溴化物，而不是脱衣舞。您最终将把我们都强暴了。”

“您，您没有什么可害怕的。毛头小子根本引不起我的兴趣。”伊丽莎白当即打断了他的话，继续围着哈威尔大夫团团地转，同时抖动着胸脯。

“您很喜欢它吗，这脱衣舞？”主任医生很友善地问道。

“您说得没错！那里有一个瑞典姑娘，乳房巨大无比，但是我，我的乳房，要比她更为漂亮！（她一边说着，一边抚摩着自己的胸脯），那里还有一个姑娘，躺在一个硬纸板的浴缸中，假装在肥皂泡沫中洗澡，还有一个黑白混血姑娘当着众人的面手淫，而这，这才是最绝的呢！”

“啊！啊！”弗雷什曼说，把他的冷嘲热讽推向极端，“手淫，您现在需要做的，恰恰就是这玩意！”

一种屁股形状的忧郁

伊丽莎白继续跳着舞，但是，毫无疑问，她的观众不如维也纳脱衣舞夜总会的看客那样，谈不上是好观众：哈威尔低着脑袋，女大夫带着一脸的狡猾，弗雷什曼则带着一副指责的表情，主任医生则带着一种父爱般的宽容。伊丽莎白的屁股上裹着白色的护士裙，在房间里来回晃动，就像是一轮无与伦比的滚圆的太阳，但这是一轮熄灭了的、死亡了的太阳（包在一块白色的裹尸布中），一轮被在场医生们以默然的、尴尬的目光不无同情地视为无用的太阳。

这时候，人们真的以为伊丽莎白就要一件接一件地脱衣服了，主任医生竟然忍不住焦虑地干涉道："但是，伊丽莎白，我们这里可不是维也纳呀！"

"您有什么好害怕的，主任？至少，您将见识一下一个裸体女人该是个什么样子！"伊丽莎白尖声尖气地说。说着，她又把身子转向哈威尔大夫，她用自己的乳房威胁着他："好了，我的小哈威尔！干吗这样垂头丧气？抬起你的头来！有谁死了吗？你在给谁哭丧呢？瞧着我！我还活着呢，我！我离死还早着呢！我还活得好好的呢！我活着！”她这样说着，她的屁股早已经不是一个屁股，而是忧郁本身，是一种被无与伦比地紧紧裹住的忧郁，飘舞着穿越整个值班室。

“我想现在该收场了，伊丽莎白。”哈威尔说，眼睛盯着地板。

“收场？”伊丽莎白反问道，“可是，我是在为你而跳舞啊！现在，我要为你表演一场脱衣舞！一场伟大的脱衣舞！”她从腰上解开裙带，脱下她的护士裙，以一个舞女的姿势，把它扔到了办公桌上。

主任医生又一次怯生生地说：“伊丽莎白，您要为我们表演一场脱衣舞，这很好，不过，请到别的地方去跳。这里，您明白，我们是在医院里。”

伟大的脱衣舞

“我知道该怎样做，主任！”伊丽莎白答道。此时，她还穿着规定的工作服，浅蓝色的上衣，白色的领子，仍然在继续摇摆。

随后，她双手手心向内贴在腰上，沿着腰肋慢慢地向上滑动，一直上升到头顶；然后，她的右手沿着高举着的左胳膊向上爬，而左手沿着高举的右胳膊向上爬，做完这些之后，她朝弗雷什曼的方向使劲一抖搂双臂，仿佛把自己的上衣扔给了他。弗雷什曼吓了一跳。“娃娃，他把它掉地上了！”她冲他喊道。

然后，她又把手贴在了腰上，沿着大腿慢慢地向下滑动；她弯着身子先抬起右腿，再抬起左腿。然后，她眼睛盯着主任医生，右胳膊使劲一抖搂，把她想象中的裙子扔给他。主任医生伸出手，捏紧了拳头；他用他的另一只手，回敬她一个飞吻。

又是几个摇摆，几个舞步，伊丽莎白踮起脚尖，将双臂向后扭去，手指头并在了后背的中央。然后，她以几个舞女的动作，向前抬起了胳膊，用左手抚摩着右肩膀，用右手抚摩着左肩膀，接着，她的胳膊又一次做出优美的抖搂动作，这一次是朝着哈威尔大夫的方向，而这位哈威尔，也用手回敬了一个很尴尬的羞答答的动作。

但是，伊丽莎白已经在屋子里迈开大步；她一个接着一个地围着她的四个观众绕起圆圈，在每一个人的面前竖立起她象征性的裸体胸像。最后，她停在了哈威尔面前，又开始扭摆起腰胯，微微地弯着身子，让她的双手沿着腰肋慢慢地滑动；此时（如同刚才那样），她先抬起一条腿，接着抬起另一条腿，她胜利地挺直身子，高举起右手，大拇指和食指之间夹着一条看不见的内裤。又一次，她动作优雅地朝哈威尔大夫使劲一抖搂。

她沉浸在自己虚构裸体的整个荣耀之中，对谁都不瞧一眼，甚至对哈威尔都没有瞧一眼。她半闭着眼睛，脑袋侧向一边，瞧着自己不断扭动着的身体。

随后，高傲的姿势散架了，伊丽莎白坐到了哈威尔大夫的膝盖上。“可把我累坏了。”她说着，打起了哈欠。她抓过哈威尔的酒杯，喝了一大口。“大夫，”她对哈威尔说，“你有什么提神的药能给我吗？我可不想就这样去睡觉！”

“对您，伊丽莎白，您要什么就有什么！”哈威尔说。他把伊丽莎白从自己的膝盖上扶起来，让她坐到一把椅子上，就朝药品房走去。他找来了一盒强力安眠药，给了伊丽莎白两片。

“这会让我提神吗？”她问道。

“千真万确，就像我叫哈威尔那样没错。”哈威尔说。

伊丽莎白的告别之言

当伊丽莎白吞下两片药之后，她想重新坐到哈威尔的膝盖上去，但是哈威尔把腿躲开了，于是，伊丽莎白倒在地上。

哈威尔当即就后悔不迭，因为他根本就没想让伊丽莎白蒙此羞辱，他做出那个动作更多地出于一种机械反应，因为他一想到要用自己的大腿去碰触伊丽莎白的屁股，就不禁感到一种真心的厌恶。

他试图把她扶起来，但伊丽莎白固执地挣扎着，不愿意起来，整个身子重重地粘在地板上。

弗雷什曼站到了她的面前："您喝醉了，您该回去睡觉。"

伊丽莎白带着深深的轻蔑，从下往上地瞧着他，并（津津有味地品尝着赖在地上的受虐狂滋味）对他说："猪猡，你这个白痴。"接着，又骂了一声："白痴。"

哈威尔再一次试图把她扶起来，但她拼命地挣脱了，嚎啕大哭起来。谁都不知道该说什么好了，伊丽莎白的哭声越来越大，在静静的屋子里像是一曲小提琴独奏。过了好一会儿，女大夫突然灵机一动，轻轻地吹起了口哨。这一招还真灵，伊丽莎白一下子就跳将起来，朝门外跑去，当她的手握住门把手时，她回过头来说:“你们这些猪猡。你们这些猪猡。要是你们知道的话……可是你们什么都不知道。你们什么都不知道。”

主任医生对弗雷什曼的指控

伊丽莎白走后，值班室里沉静了好一阵子，末了，还是主任医生第一个打破寂静："您瞧瞧，我的小弗雷什曼。您还说您对女性富有同情心呢。可是您看，如果您对女性有同情心的话，您为什么就不同情一下伊丽莎白呢？"

"这事跟我又有什么关系？"弗雷什曼反驳道。

"别装作什么都不知道的样子啦！刚才都已经告诉您了。她疯狂地爱上了您！"

"我又能怎么办呢？"弗雷什曼问道。

"您是没有办法，"主任医生说，"但是，您对待她太粗暴了，您让她痛苦了，在这一点上，您是可以做些什么的。在整个晚上，她只对一件事感兴趣，她只关心您将做的事情，希望您能够朝她看一眼，冲她笑一笑，对她说一句温馨的话。可是，您想想您对她说过的话！"

"可是，我并没有对她说过任何可怕的事呀。"弗雷什曼反驳道（但是，在他的话音中有着一丝疑问）。

"好一个没有任何可怕的事，"主任医生嘲讽地说，"当她跳舞的时候，而且实际上只是跳给您看的时候，您取笑了她，您建议她去服溴化物，您对她说她能做得更好的事是手淫。还说没有任何可怕的事呢！当她表演她的脱衣舞时，您居然把她的上衣弄掉在地上。”

“什么上衣？”弗雷什曼反问道。

“她的上衣，”主任医生说，“别干傻事了。最后，您还让她回去睡觉，可她刚刚才服了提神的药。”

“可是，她追的是哈威尔，不是我呀！”弗雷什曼为自己辩护道。

“别再演戏了，”主任医生严肃地说，“既然您没有留意她，您还要让她怎么样呢？她在刺激着您。她渴望的只有一件事，要激起您哪怕只是一星半点的嫉妒。而您却是一副绅士风度！”

“现在，您就别再烦他了，”女大夫说，“他很冷酷，但他还很年轻。”

“真是一个专司惩罚的天使长。”哈威尔说。

神话角色

“是的，一点儿都没错，”女大夫说，“瞧他的样子，真是一个美丽而又可怕的天使长。”

“我们这里确实是一个真正的神话世界，”主任医生以一种梦呓般的声音强调道，“因为你，你是狄安娜[①]。冷酷，健壮，残忍。”

“而您，您是一个森林神[②]。年老，淫荡，饶舌，”女大夫说，“而哈威尔，是个唐璜。不算年老，但在老化。”

“得了吧，哈威尔嘛，他是个死神。”主任医生反驳道，回到了刚才的主题上。

① 公元前六世纪以前，由当地的埃特鲁斯坎人创造的灿烂的古文化，它的许多特点后来为古罗马人所吸收。

② Satyr，一个长有公羊的角、腿、尾巴的半人半羊的怪物，性好欢娱，耽于淫欲，转义为性欲无度者或色情狂。

唐璜的结局

“假如您要问我，我是一个唐璜还是死神，我就应该违心地赞同主任的意见。”哈威尔说着，喝了一大口葡萄酒，“唐璜是个征服者，甚至是一个大写的征服者。一个大征服者。但是，我要问问您，在一块没有人来抵抗您，一切全都顺顺当当，一路畅通无阻的土地上，您怎么还会想成为一个征服者？唐璜的时代已经一去不复返。唐璜的后代在今天已经不再征服了，他做的只是收集。继承大征服者这一人物形象的，是大收集者，只不过，收集者跟唐璜已经没有任何共同点了。唐璜是一个悲剧人物。他背负着过错，他快乐地犯着罪，嘲笑上帝。这是一个渎圣者，最终下了地狱。

“唐璜肩负着一个悲剧性的包袱，而大征服者对此根本就没有概念，因为在他的世界中，所有的重负全都没有重量。巨大的岩石变得轻如鸿毛。在征服者的世界中，情人之间的一道目光，就抵得上收集者的世界中十年最热烈的性爱。

“唐璜是一个主子，而收集者是一个奴隶。唐璜傲然违背种种的常规和法则。大收集者只是满头大汗地、乖乖地遵从常规和法则。因为，收集从此就属于得体举止和高雅谈吐的一部分，收集几乎被认为是一种职责。假如我感到自己有过错，那只是因为我没有要了伊丽莎白。

“大收集者跟悲剧、跟正剧也没有丝毫的共同之处。性爱，这个灾祸的萌芽，靠着收集者，成为了一件跟吃早餐或者晚餐、跟集邮、跟打乒乓、跟购物一样的事。收集者使性爱进入了日常生活的平庸圈子。他把它变成舞台的幕侧或者后台，而真正的戏剧将永远不在那里上演。嗨，我的朋友们，”哈威尔高声说道，嗓音中透着一种悲怆，“我的爱情（假如你们能允许我这样称呼它的话）就是一个舞台的后台，那里什么都不上演。

“亲爱的大夫女士，亲爱的主任。你们把唐璜跟死神对立起来，就像一个矛盾的两个极端。你们纯粹是出于偶然巧合，出于疏忽大意，把问题的本质揭示了出来。瞧瞧。唐璜对抗着不可能。而这才是真正人性的东西。相反，在大收集者的王国中，没有什么是不可能的，因为这是死神的王国。大收集者，就是来寻找悲剧、正剧和爱情的死神。前来寻找唐璜的死神。在被武士的石像打发到的地狱之火中，唐璜还活着[①]。但是，在大收集者的世界

① 在莫里哀的剧作《唐璜》中，唐璜作恶多端，从不悔改。后来他面对一尊被自己杀死的武士的石像，不但没有认罪，反而对石像百般嘲弄。栩栩如生的石像警告唐璜：“作恶到底，必然横死。”结果，天上果然落下一记雷电，把唐璜劈死。唐璜化为一团火，掉下地狱。

中，在种种激情和种种感情像一片绒毛那样随风飞舞在空中的这个世界中，唐璜是彻底地死去了。

“亲爱的女士，”哈威尔忧郁地说，“我和唐璜，哪还有什么相干呢！我难道做出什么了，得以看到武士的石像，得以在我的灵魂中感受到他诅咒的可怕重量，得以在我的身心中感觉悲剧的崇高感！怎么会呢，亲爱的女士，我顶多只是一个喜剧人物，甚至连这一点，我都不应该把它归功于我自己，而恰恰应该归功于他，唐璜，因为只是在他悲剧性放荡不羁的历史背景中，您好歹还能抓住我这追逐女性生涯的喜剧性忧愁，没有这一路标的参照，我的桃花运生涯就只能是一片平庸的灰蒙蒙色调，一道单调无味的风景。”

新的信号

似乎这一番冗长的演说（在这演讲期间，主任医生昏昏欲睡，有两次他的脑袋都耷拉到胸口上）把他累坏了，哈威尔闭上了嘴。在充满激情的片刻停息之后，女大夫说话了："大夫，我不知道您还是一个如此优秀的演说家。您把您自己描绘成了一个喜剧人物，死气沉沉，厌烦，几乎等于零！不幸的是，您的表达方式却过于高贵了些。您的精致细微实在是该诅咒：您自认为是个乞丐，您却为此选择了王公贵族的词语，这样一来您就更像是一个王子，而不是一个乞儿。哈威尔，您是一个老骗子。甚至在您陷入泥淖时，您还要趾高气扬地硬充虚荣。您是一个可恶的老骗子。"

弗雷什曼朗声大笑，因为他十分得意，以为在女大夫的话音中听出了对哈威尔的蔑视。在女大夫的讥讽以及自己的笑声鼓舞下，他不禁勇气倍增，于是，他走到窗户前，意味深长地说："今晚的夜色多美啊！"

"是啊，"女大夫说，"一个美妙绝伦的夜晚。而哈威尔却在扮演死神！哈威尔，您有没有注意到，这是一个美好的夜晚吗？"

"当然没有啰，"弗雷什曼说，"对哈威尔来说，一个女人就是一个女人，一个夜晚就跟另一个夜晚一样，冬天和夏天，也都是一回事。哈威尔大夫拒绝区别次要的属性。”

“您真是把我看破了。”哈威尔说。

弗雷什曼认为，这一次他跟女大夫的幽会将会成功：主任医生喝多了，几分钟之前就已经昏昏欲睡，看来丧失了任何的警惕。“噢！我的膀胱又涨了。”弗雷什曼悄悄地说，朝女大夫瞥了一眼之后，就向门外走去。

煤 气

刚走到走廊中，他便十分快活地想到女大夫整整一个晚上都在嘲弄那两个男人，主任医生和哈威尔，刚才她还很贴切地把他们看作了骗子。他很振奋地看到一种有利的情景在反复显现，每一次都令他惊讶不已，因为它重复得实在太有规律了：看来他很讨女人们的欢心，她们喜欢他胜过那些有经验的男子，女大夫——显然，她是一个极端挑剔、极端聪明、相当(却又令人愉快地)盛气凌人的女人——就是一个例子，他没想到，自己对女大夫已经取得了一种新的胜利。

弗雷什曼怀着这样的心境穿越了长长的走廊，朝出口走去。他几乎已经到了朝向花园的大门，这时候一股煤气味突然传到了他的鼻子里。他停住脚步使劲地嗅了嗅。气味来自女护士休息室的那道门。弗雷什曼一下子意识到他的心中十分害怕。

他的第一个反应就是跑去找主任医生和哈威尔，但是紧接着，他决定去抓那道门的把手(无疑是因为，他猜想那门被锁住或者闩上了)。但是，让他大为惊讶的是，门居然自己开了。顶灯开着，照亮了一个女人的身体，赤裸裸地躺在长沙发上。弗雷什曼环视了一遍室内，一步冲到小煤气灶前。他关上了大开着的煤气开关。接着他又跑到窗户前，一把推开玻璃窗。

括号中的评论

（可以说，这事儿弗雷什曼干得干净利索，而且沉着镇静。然而，有一点他却没有以足够冷静的头脑记录下来。当然，差不多有一秒钟时间，他直瞪瞪地盯着伊丽莎白的肉体，但当时他是如此的害怕，以至于他没能透过这一害怕的屏障，抓住我们现在可以充分欣赏到的一切，其实只要稍稍地后退一下，这一切就都在他的眼前了：

这个肉体美妙无比。它仰天而躺，脑袋微微地斜侧，双肩略略地弯曲，两个美丽的乳房紧紧地挤靠在一起，满满地臌胀着。一条腿伸直了，另一条腿微微地有些弯，这样，人们可以看到她那特别鲜艳的丰满的大腿，还有极其浓密的黑乎乎的阴毛。）

呼 救

把窗户和门全都打开后，弗雷什曼便冲到了走廊中，大声呼叫着求救。接下来发生的一切全是那么的迅速和有效：人工呼吸，给急诊室打电话，运送病人的担架车来到，把病人交给值班医生，新一轮的人工呼吸，病人苏醒，输血，最后，当伊丽莎白显然脱离生命危险后，则是众人轻松下来时的深深叹息。

第三幕

谁说了什么

当四个医生走出急诊室，来到院子中时，他们似乎已经疲惫不堪。

主任医生说:“她搅了我们的座谈会，这个小伊丽莎白。”

女大夫说:“不满足的女人总是带来厄运。”

哈威尔说:“真奇怪。她不得不打开煤气才能让我们发现，她原来长得真漂亮。”

听到这话，弗雷什曼(久久地)瞧着哈威尔，说:“我再不想喝酒了，也不想贫嘴了。晚安。”说完，他朝医院的大门走去。

弗雷什曼的理论

弗雷什曼觉得同事们的话令人恶心。从这些话语中，他看到了正在衰老的男人和女人的无动于衷，看到他们成熟年龄的冷酷无情，像一个敌对的堡垒那样横在他的青春面前。因此，他很高兴眼下能独自一人信步而行，充分体味他心中狂热的激情：他带着一种透着甜美的恐惧，不断地对自己重复说，伊丽莎白离死神只有咫尺之遥，而她若真的被这死神带走了，该负责任的恰恰就是他。

当然，他不是不知道，一次自杀并非只有一个原因，一般来说，它往往是多种原因的综合结果；只不过他无法否定，其中的一个原因，而且无疑还是决定性的原因，就在他的身上，在于他的存在，在于他今天的行为。

眼下，他正痛心疾首地指责自己。他对自己说，他是一个自私自利的人，只知道虚荣地沉湎于他情场上的得意。他觉得自己太可笑了，居然被女大夫对他表现出的兴趣弄得神魂颠倒。他责备自己，当嫉妒成性的主任医生破坏了他的夜间幽会时，他就把伊丽莎白当成一个简单的物件，当成一个出气筒，随便地拿来发泄自己的怒气。他到底有什么权利可以如此对待一个无辜的造物呢?

然而,年轻的医科实习生不是一个头脑简单的人;他的每一种精神状态都自在地包含着肯定与否定的辨证对立,因此,针对作为起诉者的内心之声,作为辩护者的内心之声出来反驳了:诚然,他对伊丽莎白的那些冷嘲热讽不甚得体,但是假如伊丽莎白不爱上他的话,这些嘲讽也不至于造成如此悲剧性的结果。然而,一个女人如果真心地爱上了他弗雷什曼,他又有什么办法呢?难道他就自动地对这个女人负有责任了吗?

他久久地思索着这个问题,在他看来,这一问题就是人类生存的整个奥秘的钥匙。他甚至停住脚步,极其严肃地得出了答案:是的,刚才,当他对主任医生说,他对他无意中造成的后果没有责任时,他是错了。确实,他难道可以把他自己简化为有意识的、有觉悟的那一部分吗?他无意识中给别人带来的影响,难道就不属于他个性的组成部分了吗?除了他,还有谁要对此负责呢?是的,他是有过错的;错在伊丽莎白的爱;错在不知道这一爱;错在忽视了这一爱;总之,有过错。出于一点点的过错,他差点儿害死了一个人。

主任医生的理论

正当弗雷什曼在思想意识的深处苦苦反省的时候，主任医生、哈威尔和女大夫回到了值班室。他们实在没有了喝酒的欲望；他们沉默了好一阵子；然后，哈威尔大夫开了口："伊丽莎白的脑子里到底出了什么问题？"

"不要多愁善感啦。"主任医生说，"当一个人干出这样的蠢事时，我是绝不会激动的。再说，假如您不那么顽固不化，假如您跟她做了您会毫不犹豫地跟其他任何女人做的事，这件蠢事也就不会发生了。"

"我感谢您把一次自杀的责任加在了我的头上。"哈威尔说。

"让我们说得更明确些吧，"主任医生说，"这不是一次自杀，而是一次自杀性示威，精心策划得足以避免灾难性后果。我亲爱的大夫，当一个人想被煤气熏死时，他首先要把门锁死。仅此还不够，他还要小心翼翼地把房间中所有的缝隙都堵死，以便弥漫的煤气尽可能晚地被人发现。因此，伊丽莎白根本没有想去死，她只是想到了您。

"天知道她等了多少个星期，好容易才等到可以跟您一起值夜班，今天晚上从一开始，她就毫无顾忌地把全部的心思放在您身上。您越是犯倔脾气，她就越是喝酒，于是，她就越是表现得咄咄逼人：她使劲地说话，她使劲地跳舞，她想表演一场脱衣舞……

“您瞧，我在问自己，在所有这一切中是不是有什么令人激动的东西。当她意识到，她既没有办法吸引您的目光，也没有办法吸引您的听觉时，她便把全部赌注押在您的嗅觉上，于是，她打开了煤气。在打开煤气之前，她脱光了自己的衣服。她知道她的身材很漂亮，她想迫使您认识到这一点。您还记得她离开时说的话吗：*要是你们知道的话。可是你们什么都不知道。你们什么都不知道*。现在您终于知道了，伊丽莎白的脸虽然不好看，她的身材却非常漂亮。您自己也承认了这一点。您看得很清楚，她的推理并不太傻。我甚至在问我自己，现在，您也许不会任人摆布了吧。”

哈威尔耸了耸肩膀。“也许是吧。”他说。

“我敢肯定。”主任医生说。

哈威尔的理论

“您说的话可能很有说服力，主任，但是，在您的推理中有一个漏洞：您过高地估计了我在这一事情中的作用。因为这里根本就没我什么事。毕竟，我又不是惟一一个拒绝跟伊丽莎白睡觉的人。谁都不愿意跟她睡觉。

“刚才，您问我为什么不愿意要伊丽莎白，我回答了您几句鬼知道什么样的蠢话，什么自由判断的美啦，什么我要为自己保留自由啦。但是，那只是一些空话，为的是掩盖正好相反的、根本不谄媚人的真实：我之所以拒绝伊丽莎白，是因为我无法像一个自由的男人那样行为处事。因为不跟伊丽莎白上床睡觉是一种时尚。谁都不跟她睡觉，而假如有人跟她睡觉了，他也是决不会承认的，因为一旦他承认了，所有人都会嘲笑他。时尚是一条可怕的恶龙，我只能对它俯首称臣。只不过，伊丽莎白是一个成熟的女人，这就让她怒火中烧。兴许，比任何别人的拒绝更让她怒火中烧的，是我的拒绝，*是我*，因为所有人都知道，我对女人向来是来者不拒统统接纳的。只不过，时尚在我看来要比伊丽莎白的怒火更为宝贵。

“主任，您说的不错：她知道她有一个漂亮的身材，而她认定她所处的那一情景是完全荒诞的和不公正的，于是她想抗议。您应该记得，在整个晚上，她就没有停止过把别人的注意力吸引到她的身材上来。当她说到她曾在维也纳看到的瑞典脱衣舞女郎时，她在抚摩着自己的乳房，而且宣称它们要比那个瑞典女郎的更漂亮。您应该还记得：整个晚上，她的乳房和她的屁股就像一大群示威者那样侵占了这个房间。我说得很严肃，主任，那就是一次示威。

“您应该还记得她的脱衣舞，记得她跳得是怎样的惟妙惟肖啊！主任，那是我所见过的最忧愁的脱衣舞。她充满激情地脱着衣服，却始终没有摆脱她那身护士服可咒的重负。她在脱衣服，但她又无法脱掉衣服。她明知道她脱不掉衣服，却依然在脱衣服，因为她想让我们明白她那忧愁的和无法实现的脱衣愿望。主任，那不是一次脱衣服，而是一曲脱衣的哀歌，吟唱的是关于脱衣服的不可能性，是做爱的不可能性，是生活的不可能性！而即便是这个，我们都不愿意倾听，我们低垂着脑袋，一脸茫然的神色。”

“噢，浪漫的好色之徒！您真的相信她想去死吗？”主任医生嚷嚷起来。

“您还记得，”哈威尔说，“她跳舞的时候对我说的话吧！她对我说：*我还活着呢，我还活得好好的呢！*您还记得吗？从她开始跳舞的那一刻起，她就知道她将要做什么了。”

“而她为什么要全身赤裸裸地死去呢，嗯？您对此又该作何解释呢？”

“她想跟投入到一个情人的怀抱中那样，投入到死神的怀抱。正因为如此她才脱光了衣服，梳了妆，涂了脂……”

“正因为如此她才没有锁上门吗，嗯？这又如何解释呢？我请您不要顽固地坚信她真的想去死。”

“兴许她并不确切地知道她想干什么。您自己，您知道您想干什么吗？我们中有谁知道自己想干什么？她想死，但她又不想死。她很真诚地想死，而同时，她又（同样很真诚地）想推迟会导致她死亡的、她为之而感到自己很伟大的行为。您很明白，她并不想让人们在她已经被死神弄得浑身变褐、发出腐臭、面目全非的时候才看到她。她想为我们展现她的肉体，如此美丽、如此遭人低估的肉体，在其最高的荣耀中去和死神结合的肉体；她想，至少在这一关键时刻，我们会艳羡死神手中的这一肉体，我们将会渴望它。”

女大夫的理论

“先生们，”一直认真地听着两位大夫、但始终还没有吭声的女大夫开始说话了，“你们二位所说的，在我看来都很合逻辑，反正我作为一个女人可以这样认为。你们的理论，就其自身来说都还相当有说服力，而且体现出一种对人生的深刻认识。它们只有一个缺陷。它们并没有包含一丝一毫的真理。伊丽莎白没有想到死亡。既没有想真正的自杀，也没有想假装的自杀。根本没想自杀。”

女大夫停了片刻，以便品味她话语的效果，随后她接着说：“先生们，我看出来，你们的心术不正。当我们从急诊室回来后，你们故意没有去伊丽莎白休息的房间。你们再也不想看它了。但是我，当你们给伊丽莎白做人工呼吸时，我对它作了一番仔细的观察。煤气灶上有一只小锅。伊丽莎白当时是在煮开水准备沏咖啡，但她睡着了。水漕了，浇灭了火苗。”

两个医生随着女大夫去了护士休息室。一点儿没错，煤气灶上搁着一个小小的锅，里面甚至还剩有一点点水。

“可是，既然这样，她为什么要脱得光光的呢？”主任医生依然很纳闷。

“瞧仔细了。”女大夫说，指着休息室的四处：浅蓝色的护士裙拖在窗子底下的地上，乳罩耷拉在小药品柜上，小小的白色内裤扔在另一个角落的地上，“伊丽莎白把她的衣服扔得满地都是，这一点证明，她本来是想表演一场脱衣舞的，专门为她自己单独表演的，因为您，谨小慎微的主任，阻止了她的当众表演！

“当她脱得浑身赤裸裸时，她无疑已经感到非常疲劳了。这可不合她的心意，因为，这个晚上，她还一直没有放弃希望呢。她知道我们最后都要离开，只有哈威尔会留下。正是因为这个，她才讨了提神的药，好保持清醒。她想给自己煮一杯咖啡，她把锅放到炉火上，随后，她又接着瞧着自己的身体，这让她兴奋。先生们，伊丽莎白有一点比你们谁都强。她看不见她的脑袋。这样，对她来说，她就拥有了一种完美无缺的美。她的身体让她兴奋，她淫荡地躺倒在沙发上。但是，很显然，困意赶在肉欲之前攫住了她。”

“当然，”哈威尔说，“说到底，还是因为我给了她安眠药！”

“您就会做这样的事，”女大夫说，“那么，这里头还有什么不清楚的吗？”

“还有。”哈威尔说，“您还记得她对我们所说的：*我离死还早着呢！我还活得好好的呢！我活着！*而那些最后的话语：她把它们说得如此悲怆，就仿佛它们是告别的话语：*要是你们知道的话*。

可是你们什么都不知道。你们什么都不知道。”

“瞧瞧，哈威尔，”女大夫说，“难道您还不知道吗，人们所说的全部话语中，百分之九十九都是空话。就说您自己吧，在大多数情况下，您难道不是在为了说话而无话找话吗？”

医生们又闲聊好一会儿，随后就离去了；主任医生和女大夫握了握哈威尔的手，就告辞了。

夜空中暗香浮动

弗雷什曼终于来到了郊区的那条街，他随他的父母一起住在这里的一个小别墅中，周围是一个花园。他推开栅栏门，没有一直走向屋门，而是坐在了一条长椅子上，椅子的上方，盛开着由他妈妈精心培育的玫瑰花。

夏季的夜空中飘浮着暗暗的花香，“罪过”、“自私”、“恋人”、“死神”等字词在弗雷什曼的胸膛中翻来覆去地折腾不停，使他心情激昂，充满愉悦；他仿佛觉得自己的背上长出了翅膀。

在这股透着忧郁的幸福浪潮中，他明白他得到了从未有过的爱。当然，好些女人早已经给过了他爱慕之情的可靠证明，但是，眼下，他迫使自己保持一种冷静的清醒：它难道真的始终是爱吗？他是不是有几次沉湎在了幻觉之中？他有时候是不是更多地在空想，而不是脚踏实地？比如说，克拉拉考虑更多的难道不是利益，而是爱情吗？她心里想得更多的，难道不是他答应给她的公寓房，而是他吗？在伊丽莎白的那一幕戏之后，一切都变得黯淡无光了。

一些伟大的字眼在空中浮动，弗雷什曼对自己说，爱情只有一个惟一的标准：死神。在真正爱情的尽头，是死神，而只有一直爱到死的爱情，才是爱情。

空气中暗香浮动，弗雷什曼扪心自问：是不是会有某个人像这个丑女人那样爱他？但是在爱情面前，美丽或丑陋又都算得了什么呢？在一种体现出绝对崇高的感情面前，一个丑陋的脸蛋又算得了什么呢？

（绝对？是的。弗雷什曼是一个少年，刚刚被抛入了成年人不稳定世界之中。他竭尽全力地诱惑女人，但是他所追求的，更多的是一个给人以慰藉的怀抱，一个无限的、赎救性的怀抱，能把他从刚发现的世界那可怕的相对性中拯救出来。）

第四幕

女大夫的返回

当哈威尔大夫听到有人敲玻璃窗时，他已经在长沙发上躺了好一段时间，身上盖着一条薄薄的毛毯。在朦胧的月光下，他隐约看见女大夫的那张脸。他打开窗户，问道:“出什么事了？”

“快给我开门。”女大夫说，说完便敏捷地朝小楼房的门走去。

哈威尔赶紧系上衬衣的扣子，叹一口气，走出了房间。

当他打开这座楼房的大门时，女大夫不由分说一直往前走着，当她一屁股坐到值班室里的一把椅子上后，她才开口解释说，她没法回家了，她感到自己是多么的慌乱不安，她无法入睡，她来求哈威尔跟她再聊一会儿，这样她兴许还能恢复一下平静。

哈威尔对女大夫说的话一句都不相信，他一副很不礼貌(或者很不耐烦)的样子全流露在脸上。

于是女大夫对他说:“当然，您不相信我的话，因为您坚信，我回来只是为了来跟您睡觉。”

哈威尔做了一个表示否认的手势，但是女大夫继续道:“虚荣的唐璜！显而易见。一旦有一个女人看到您，她就只想着这个。

而您，您是被迫带着厌恶来履行您这忧郁的使命的。”

哈威尔又一次做了一个表示否认的手势，但是女大夫点燃一支香烟，吐了一口烟雾，接着说道:“我可怜的唐璜，什么都不要担心。我不是来让您难堪的。您跟死神没有任何的共同点。所有这一切，只是我们亲爱的主任的悖论。您并不能带走一切，因为理由很简单，并不是所有的女人都准备被人带走的。比如我吧，我就可以跟您打赌，我对您绝对具有免疫力。”

“您来这里就是为了告诉我这个吗？”

“兴许吧。我是来安慰您的，是来对您说您跟死神不一样。我要说，我是不会被人随便带走的。”

哈威尔的道德观

“您真是太好了，”哈威尔说，“您不让人随便带走，而且还来告诉我这一点，真是太好了。您说得对，我跟死神没有任何的共同点。我不仅不带走伊丽莎白，而且我也并不更想带走您。”

“噢！”女大夫哼了一声。

“我并不是就此想说您不让我喜欢。事实正好相反。”

“这话还差不多。”女大夫说。

“是的。您非常让我喜欢。”

“那么，您为什么不想把我带走呢？难道是因为我对您不感兴趣吗？”

“不，我想这并没有什么关系。”哈威尔说。

“那么，这是为什么呢？”

“因为您是主任的情妇。”

“这又怎么了？”

“主任很嫉妒的。这会让他很难受。”

“您居然有所顾忌了？”女大夫说着笑了起来。

“您知道，”哈威尔说，“在我的生活中，我跟女人们有过不少的风流韵事，我从中得出教训，在这一类的艳遇中，我应该更加看重男人之间的友谊。这种友谊不应该溅上色情蠢事的污点，它是我在生活中认识到的惟一价值。”

“您把主任看成是一个朋友？”

“主任帮了我不少忙。”

“可他帮我的就更多了。”女大夫反唇相讥。

“这很可能，”哈威尔说，“但那不是什么感恩不感恩的问题。他是一个朋友，仅此而已。他是一个了不起的家伙。而且他很看重您。假如我试图拥有您，我就不得不把我自己看作一个恶棍。”

主任医生受到诽谤

“我没有料到，”女大夫说，“我还能从您的嘴里听到一曲如此热烈的友谊赞歌！我发现您，大夫，还裹有这样的一层外表，对我来说，它是那么的新，绝对出乎我的意外。您不仅出人意料地拥有感觉能力，而且您还把这种能力运用到（真是令人感动啊）一个上了年纪的、头发灰白的、秃了顶的先生身上。而这个老先生，人们仅仅注意到了他的滑稽可笑。您刚才观察他了没有？您有没有看到他在不停地炫耀自己？他总是想证明谁都无法相信的一些事情。

“首先，他想证明他有聪明的头脑。您都听到他说了。他整个晚上一直都在滔滔不绝地说着废话，他哗众取宠，他扯皮逗乐，他说什么哈威尔像是死神，他炮制什么幸福婚姻最不幸的悖论（我已经听他讴歌了一百遍！），他试图牵着弗雷什曼的鼻子走（就仿佛必须头脑聪明才能做到这一点！）。

“其次，他想让人把他看成一个慷慨大方的家伙。而实际上，他痛恨任何一个头顶上还长着头发的人，然而，他为此要更艰难地尝试一切手段。他奉承您，他奉承我，他对伊丽莎白表现出父亲一般的慈爱和温柔，他嘲弄弗雷什曼，却又小心翼翼地不让弗雷什曼发觉。

“其三，这也是最严重的，他想证明自己不可抗拒的魅力，他拼命地试图把他今天的形象掩藏在他往昔的外表底下。然而，不幸的是，往昔已经一去不复返了，我们中没有任何人还能记得。您也看到了，他是如何轻松自如地给我们讲起那个不跟他睡觉的小婊子，他讲这个故事，仅仅是为了找一个机会，回顾一下自己以往的形象，由此使我们忘却他那可怜兮兮的秃顶，难道不是这样吗？”

为主任医生辩护

“您说的这一切几乎全是真的，亲爱的女士，”哈威尔答道，“但是我从中看到的，反倒是一些补充的理由，而且是很好的理由，使我更爱我们的主任。因为，所有这一切比您能想象的还更令我感动。您怎么会想到我要嘲笑他的秃顶，有朝一日，我自己不是也不可避免地会谢顶吗？您怎么会想到我要嘲笑他这种固执的努力，谁不想改变自己的现实形象呢？

“一个上了年纪的人，他要不就随遇而安，接受他眼下的状况，就是说，接受这个令人同情的他自身往日形象的残骸，要不他就不接受。而假如他不接受的话，他又该怎么办呢？他只有假装不是他现在的样子；他只有通过一种精心的掩饰，重新创造他所不再有的一切，他所失去的一切；去发明、扮演、模仿他的快乐，他的生命力，他的友善；去激活他的青春形象，努力跟它融为一体，用它来代替他自己。在主任的这一出喜剧中，我看到的是我自己，是我自己的未来。但愿到时候我还剩有相当的力量可以拒绝屈从，因为比起那种忧郁重重的喜剧来，屈从当然是一件更糟糕的坏事。

“至于主任玩的游戏，您也许看得很清楚。但是，我却因此而更喜欢他，我永远也不会去伤害他，基于这一原因，我永远也不会跟您睡觉。”

女大夫的回答

“我亲爱的大夫，”女大夫答道，“我们之间的分歧，其实比您所想的要少得多。我也很喜爱他。我也很同情他，就跟您一样。而我应该比您更感激他。没有他，我就不会有一个那么好的地位。（您知道得很清楚，所有人都知道得实在太清楚了。）您以为是我在牵着他的鼻子走吗？您以为我欺骗了他吗？您以为我另有所爱吗？要是这样的话，所有人都将幸灾乐祸去告诉他这一点啊！我并不想伤害任何人，既不伤害他，也不伤害我，正因为如此，我比您想象的要更为不自由。我彻底地被束缚住了。但是我很高兴我们两个人能够彼此理解。因为您是惟一一个我可以为之背叛主任的男人。确实，您真心地爱着他，您永远也不愿意伤害他。您实在是太谨小慎微了。我是可以信任您的。由此，我是可以跟您睡觉的……”说着，她坐到哈威尔的膝头上，开始解他的衣服扣子。

哈威尔大夫做了什么?

他能做什么呢……

第五幕

在高尚情感的一种旋涡里

黑夜消逝，黎明来临，弗雷什曼来到花园，剪下一束玫瑰。随后他乘有轨电车赶往医院。

伊丽莎白住在急诊室的单人房间里。弗雷什曼坐到床头边，把玫瑰花放到床头柜上，然后抓住伊丽莎白的手腕为她号脉。

“感觉好点儿了吗？”他随后问道。

“好多了。”伊丽莎白说。

于是弗雷什曼用一种感情充沛的嗓音说：“您本不应该做一件这样的蠢事，我亲爱的。”

“您说得对，”伊丽莎白说，“但是当时我睡着了。我煮着开水准备为自己沏咖啡，但我竟像一个傻瓜那样睡着了。”

弗雷什曼十分惊诧地打量着伊丽莎白，因为他万万没料想到，她竟然会如此的慷慨大方：伊丽莎白不希望激起他的悔恨，她不想用她的爱情来压垮他，她否认了这一爱情！

他抚摩着她的脸，情不自禁地沉湎于温柔之中，开始用“你”来称呼她：“一切我都知道了。你用不着撒谎的。但是我要为你的谎言感谢你。”

他明白他在任何别的女人身上都找不到那么多的高贵、忘我、忠诚，必须听从诱惑的力量，请求她成为他的妻子。但是，在最后一刻，他控制住自己(来日方长，我们总会有时间来求婚的)，只是说：

“伊丽莎白，伊丽莎白，我亲爱的。我是为你带来了这些玫瑰的。”

伊丽莎白吃惊地盯着弗雷什曼，说：“给我的？”

“是的，给你的。因为我很幸福能来到这里跟你在一起。因为我很幸福你还活着，伊丽莎白。兴许我爱上了你。兴许我非常爱你。但是这无疑更是一条理由，让我们的关系到此为止。我认为，当一个男人和一个女人不生活在一起时，当他们彼此仅仅只知道对方的一件事，即他们还活着时，当他们彼此感激对方，因为他们都还活着，因为他们知道他们都还活着时，他们会更加相爱。这就足以使他们幸福了。我感谢你，伊丽莎白，我感谢你还活着。”

伊丽莎白一点儿都没听明白，但她微笑着，这是一种怡然自得的微笑，一种愚蠢的微笑，她的心中充满了一种模模糊糊的幸福，一种模模糊糊的希望。

接着弗雷什曼站起身来，一只手紧紧地捏了一下伊丽莎白的肩膀(这是一种恰如其分的、小心谨慎的爱的信号)，转身离开了。

万物的不确定性

“我们漂亮的女同事今天早上真是春风满面啊，她为昨晚上的事作出的解释无疑是最确切的。”当主任医生、女大夫和哈威尔都来到科室中时，主任医生对他们说，“伊丽莎白在煮开水，准备给自己沏咖啡，她煮着开水就睡着了。至少，她是这么说的。”

“您瞧瞧。”女大夫说。

“我可是什么都没有瞧出来。”主任医生接着说，“无论如何，谁都不知道事情的真相。兴许那个小锅早就放在煤气灶上了。假如伊丽莎白真的想用煤气自杀，那她为什么要拿走那个小锅呢？”

“可是，她既然已经把一切都向您解释了！”女大夫提醒他注意。

“在她给我们表演了喜剧，给我们带来恐惧之后，你们就不要奇怪了，她这是试图让我们明白，都是因为一只锅，才发生了已发生的一切。请不要忘记，在这个国家里，谁要是自杀未遂，就会被立即关进精神病院接受治疗。这一前景不会向任何人微笑的。”

“那些自杀的故事让您开心了吗，主任？”女大夫说。

“我真想让哈威尔内疚一次，他该后悔了。”主任医生笑着说。

哈威尔的悔恨

在主任医生微不足道的话语中，哈威尔本已痛苦的内心感到了老天向他悄悄发出的一种警告，他说:“主任说得对。这并不见得必然就是一次自杀，但它也可能就是自杀。此外，我坦率地说，我一点儿都不责怪伊丽莎白。请告诉我，在生活中，是不是有着一种惟一绝对的价值，使得自杀从原则上就被认为是不可接受的？爱情吗？或者友谊吗？我可以向您担保，友谊也跟爱情一样脆弱多变，人们不能把任何东西建立在友谊的基础上。或许，至少还有自爱自恋的虚荣心吧？我倒希望它是呢。主任，”哈威尔说着，几乎有些激动，听上去就像是在痛苦地忏悔，“可是，我敢向你起誓，主任，我根本就不爱自己。”

“先生们，”女大夫面带微笑地说，“假如它能美化你们的生活，假如它能拯救你们的灵魂，就让我们作出决定吧，认定伊丽莎白真的想自杀。同意吗？”

完满的结局

“够了,”主任医生说,“让我们换一个话题吧。哈威尔，您的讲话玷污了这个美丽清晨的空气！我比您痴长十五岁。我很不幸地有一桩幸福的婚姻，就是说，我不可能离婚，我在爱情上是不幸的，因为，嗨，我所爱的女人不是别人，就是这位女大夫！然而，即便如此，我依然为我活在这个世界上感到很幸福！”

“很好，很好,”女大夫对主任医生说，带着一种不寻常的柔情，并握住了他的手,“我也一样，我也为我活在这个世界上感到很幸福。”

这时候，弗雷什曼走了进来，融合到三位医生的队伍中，他说:“我刚从伊丽莎白那里过来。她真是一个正直得惊人的姑娘。她否认了一切。她把一切承揽在自己身上。”

“你们瞧,”主任医生笑着说,“哈威尔差一点儿就要推动我们去自杀呢。”

“显然是这样,”女大夫说。她走到了窗前。“今天又是一个大晴天。天空是那么的蓝。您觉得怎么样，弗雷什曼？”

就在刚才，弗雷什曼还在指责自己行为伪善，用一束玫瑰和几句美言，就把自己的责任推得干干净净，而现在，他却在庆贺自己没有匆忙行事。他捕捉到了女大夫的信号，并明白了它的意思。艳遇之线将延续下去，就在昨天晚上中断的地方接上了，正是昨晚的煤气事件搅黄了弗雷什曼和女大夫的幽会。弗雷什曼情不自禁地冲着女大夫微微一笑，甚至没有顾及主任医生嫉妒的目光。

于是故事在它昨天完结的地方继续下去，但是弗雷什曼觉得，自己回到这故事中时已经更为成熟，更为有力。他在自己的身后留下了一段爱，如死亡一般伟大。他感到一股浪潮涌动在他的胸膛中，这是他从未体验过的最汹涌、最澎湃的浪潮。因为如此惬意地刺激起他欲望的，是死亡：人们把这死亡作为礼物献给他：一种灿烂辉煌的、令人振奋的死亡。

V

让先死者让位于后死者

1

他沿着波希米亚一座小城的一条小街回家，他在这城里住了不少年，屈从一种没有太多趣味的生活、一些搬弄是非的邻居，以及办公室里包围着他的单调的粗俗。他那么漠然地走着（如同我们在走了数百次的一条路上），以至差点和她失之交臂。但是她从远处认出他，一边迎上前去，一边微笑地看着他，这微笑在最后一刻，于他们走到同一高度时，解开了他记忆中的一个扣子，把他从那半昏睡状态拉回来。

“我没能认出您。”他说，但这是一个笨拙的托词，一下子把他们引向他本想避开的沉重话题：十五年未见，两人都老了。“我变化这么大吗？”她问。他回答说不大，尽管这是个谎言，但也不尽然，因为这矜持的微笑（腼腆、适度地体现出永存热情的一种效能）越过多年时光，直到此时，没有改变，并令他动情：因为这个微笑使他非常清楚地想起这位女人的过去的样子，以至他要费一些劲才能忘却这个微笑，才能看到现在的她：这几乎是一位老妇了。

他问她去哪儿，是否有什么安排，她回答说她来处理些事务，现在就等晚上把她拉回布拉格的火车了。他表示愿意同她聊聊他俩意外的重逢，并且因为他们都认为（有道理）附近的两个啤酒馆又脏又乱，他邀请她去他不远的公寓，他可以在那儿为她准备茶或者咖啡，特别是，那是个干净和安静的处所。

2

对她而言，这一天一开始就不顺利。她丈夫（三十年前，还是新婚夫妇的他们在这里生活过一段时间，然后搬到布拉格，丈夫十年前死在那边）葬在这座小城的公墓里，这是他遗嘱中表达的一个古怪意愿。她取得了十年租期，而几天前，她发现忘记了续租而且租期已过。她最初想给公墓管理处写信，但想到与行政部门的书信往来是件无休止且徒劳的事情，她就来了。

尽管她认识通向丈夫墓地的路，可是这天，她觉得是第一次看到公墓。她没能找到墓并感到自己可能迷路了。最后她才算明白：在她丈夫的有镀金名字的砂岩墓碑处，现在矗立着有完全陌生者镀金名字的黑色大理石墓碑（她确信根据相邻的两个墓认出了这地方）。

震惊的她去了公墓管理处。在那儿，人家对她说租期一过坟墓自动清除。她责怪他们没有通知她应该续租，可人家说公墓位置很少，*而先死者应让位于后死者*。她愤怒了，强压住抽泣说，他们既无人类尊严的意识，也无对他人的尊重，但是她即刻意识到争吵是无用的。就像她阻止不了丈夫的死亡一样，她也无法应付这第二次死亡，这甚至不再有一种死亡之存在权的一位先死者的死亡。

她转回市区，悲伤立即就混进了不安，因为她在考虑该如何对她儿子解释他父亲坟墓的消失，并当着他的面为自己的疏忽辩解。然后，疲倦袭来：她不知道怎样度过把她拉回布拉格的火车发车前的这长长的几个小时，因为她这里已没有熟人，她甚至也不想进行一次感伤的散步，城市这些年变化很大，昔日熟悉的地方如今已向她呈现出完全陌生的面貌。因此，她感激地接受了偶然碰上的（已经被淡忘了的）老朋友的邀请：她可以在浴室洗洗手，然后坐在柔软的扶手椅上（她的腿疼），看看房间，听听隔开厨房与房间的隔板后面开水的沸腾声。

3

刚过三十五岁，他突然注意到额上的头发明显稀疏了。这还不完全是谢顶，但是人们已经隐约看到谢顶（头发任皮肤暴露出来）：完全不可避免，并且很快。把秃头视为生死攸关的问题肯定是可笑的，但他意识到谢顶将改变他的容貌，因此他的外貌的一部分（显然是最好的部分）的生命行将结束。

于是他自忖，这个渐渐离去之人（头发茂密的人）的总结确切地是个什么样，此人确切地经历过什么，确切地感受过哪些喜悦。他惊愕地发现，那些喜悦，几乎就不算什么；正是这个想法让他感到脸红；是的，他羞愧，因为他不体面地在这个地球上生活了这么长时间，却几乎没有什么像样的生活经历。

当说到几乎没有什么像样的生活经历时，他到底在指什么？他想到了旅行、工作、公共生活、体育、女人吗？这些他肯定都想到了，但首先是女人，因为，如果生活的其他方面是贫乏的，这的确令他有一些些苦恼，但他并不自认为对那种贫乏负有责任：如果说他的职业没价值，没前途，这完全不是他的错；如果说他既没有钱也没有领导部门的证明，不能旅行，这也不是他的错；

如果说二十岁时折断了半月板并不得不结束他喜爱的各种体育运动，也不是他的错。相反，女人方面对他来说是相对自由的一个领域，在这儿，他无法找出任何托词。在这儿，他本来可以表明他是谁，他本来可以表现出他的丰富多彩，女人对他而言成为了生命密度评价的惟一标准。

然而，真不巧！和女人从来没有很顺利过：直到二十五岁（尽管他曾是个漂亮的小伙子），他都因为怯场而陷于瘫痪。后来他恋爱，结婚，在七年中，他试图说服自己可以在惟一一个女人身上找到性爱的无限；随后他离了婚，维护一夫一妻制的理论（无限的幻象）让位于愉快和放肆的对女人的欲望（女人堆的五颜六色的完美的欲望），但遗憾的是，这种欲望，这种放肆被困难的财政状况（他要为被准许每年能看孩子一两次而付给前妻赡养费）和一个小城的生活条件大大地抑制了，邻居们好奇心无边，而供引诱的女人的选择余地有限。

此后，时间飞逝，突然，他站在挂于浴室盥洗池上方的椭圆形镜子前，右手拿着一面小圆镜子放在头顶上，并且迷惑地看着开始谢顶的头，一下子（没有任何准备）他明白了这个平凡的真理：任其逃脱之物不可追。从此，他时常陷入恶劣的心情不畅，甚至出现过自杀的念头。当然（必须强调这一点，以便不把他看作癔病患者或者白痴），他意识到这些念头具有的滑稽性，且他也永远不会去干（一想到绝命书他自己就笑起来：我永远不承认我是秃子，永别了!),但是这些想法，尽管是柏拉图式的，也只需出现在脑子里就足够了。请努力理解他：这些念头，很像一个竞赛中的马拉松运动员，看到即将失败时产生的那种难以抵抗的放弃的欲望（更有甚者，这是由于他自己的过错)。他也同样，认为比赛已经失利，不想再继续跑了。

现在，他俯身在小桌上，把一杯咖啡放在沙发前（他随后要坐在那儿)，另一杯放在舒适的扶手椅前，那里坐着来访的女客。他自忖，正当他处于这么不好的精神状态时，在他不再可能抓住任何东西时，遇到这位他曾疯狂地爱过且又任她逃脱了的女人（由于他自己的错）是命运的一种非同寻常的恶毒。

4

她肯定猜不到在他眼里她是他任其逃脱的那个人；当然，她一直记着他们共同度过的那一夜，她记着他当时的样子（二十岁，不懂着装，羞得面红耳赤，孩子般的举止令她开心），她也记着她自己当时的样子（年近四十，一种对美的渴望把她抛进一些陌生人的怀抱，但是立刻又迫使她退出来；因为她向来认为，她的生活应该像一场完美的舞蹈，她害怕那些婚外情成为一种陋习）。

是的，她要自己美，就像他人要一种精神需求；一旦在自己的生活中发现丑，她就会绝望。因为她知道，十五年后男主人肯定认为她很老了（以及由老带来的所有的丑），她急忙在自己面前展开一把想象的折扇，向他提出一连串的问题：她想知道他怎么来到这座城市；她询问他的工作；她夸他的公寓，认为非常舒适，可以俯视城市的那些房屋（她说这种景色没有什么特别，但是给人自由的感觉）；她说出镶在镜框里的那些印象派绘画复制品的作者名字（这不难，因为在大部分捷克穷知识分子的家里都可以看到同样的廉价复制品），随后，她站起来，端着咖啡，俯身到小书桌上，那里有好几张排在镜框里的照片（她看到里面一个年轻女人的照片也没有)，问照片中上年纪的妇女是不是他的母亲(他说是)。

随后，他问她刚见面时提到的那些要处理的事务。她毫无心思谈公墓(这里，在这幢楼的六层，她就像悬在一片房屋之上，而且，更愉快的感觉是悬在她的生活之上)；但是，鉴于他的追问，她最终说出(但很简短，因为一种过分直率的粗鲁总让她不习惯)她曾住在这座城市，这已经是不少年前的事情了，她的丈夫埋葬在这里(她只字未提坟墓的消失)，而每年的诸圣瞻礼节她都要同儿子一起来这儿。

5

"每年？"这一番坦陈让他伤心，他又想到命运的恶毒；如果六年前在他来这座城市定居时见到她，任何事情还都是可能的：她的岁月之痕尚没到这般程度，她与十五年前他爱的那个女人的差别尚没到这般程度；他还有能力克服差别并把这两个形象（现在的和过去的）视为同一个形象。但是现在，这两个形象，它们已经无可挽回地分离了。

她喝完咖啡，她谈着，而他在竭力精确地确定这种形变的程度，因为这个形变，她将第二次从他这里逃脱：脸上有了皱纹（多层的粉竭力去抹平也是徒劳）；脖子枯萎了（她竭力用高领掩饰也是徒劳）；面颊下垂了；头发（啊，这几乎是美丽的！）开始花白。然而，最引起他注意的是这双手（遗憾啊，无论是粉还是膏都不能美化它们），凸现的青筋使得它们几乎成了男人的手。

遗憾与愤怒交集的他想借酒忘记这次太迟的会面；他问她是否想来一杯科涅克白兰地（他有一瓶已经打开的，放在隔板后面的壁橱里）；她回答说不想，而他记起十五年前她几乎不饮酒，可能害怕酒剥去她那种得体稳重的做派。看见她为拒绝白兰地而做的优雅手势时，他意识到曾经令他陶醉的这种得体的魅力、这种诱惑、这种优雅，尽管隐藏在年岁的面具之后却依然如故，尽管隔了一道栅栏，却依然那样撩人。

当他想到这道栅栏是年岁的栅栏时，他感到对她的一种巨大怜悯，而这怜悯更使她贴近他（这位往昔的花颜女子，让他失语的女子），他不禁渴望像异性朋友之间那样，同她在伤感的听天由命的忧郁气氛中作一番长谈。于是，他滔滔不绝地说起来，结束时，他流露出一些日子以来一直挥之不去的那些悲观念头。当然，他只字未提新出现的谢顶（就如同她只字未提消失的坟墓一样）；谢顶的念头质变为哲学味道的话语，什么过得太快以致人不可能跟上的时间啦，由不可避免的解体标志的生命啦，以及其他类似的话，他等着女客以同情的意见作出回应，但是白等了。

“我不喜欢您整个这番话，”她几乎激昂地说，“您所说的一切肤浅得可怕。”

6

她不喜欢人家谈论衰老和死亡，因为这些话中有令她反感的身体丑陋的形象。她多次几乎动情地对男主人说，他的观点是肤浅的；她说，人不仅是他那日趋衰老的身体，因为最重要的是人的事业，人留给他人的东西。这对她来说，不是新论点；在三十年前她就用过，当时她爱上了比她大十九岁的她后来的丈夫；她一直由衷地尊重他（尽管她有他不知道或者完全不想知道的所有那些不忠）；也尽力说服自己，丈夫的才智和作用补偿了他的高龄。

"什么事业，请问您！您希望我们留下什么事业！"他带着一丝苦笑反驳道。

她不想提及已故的丈夫，尽管她被丈夫充分发挥的才智的经久价值牢牢地征服了；她只是回答说，世间任何人都在完成一项事业，无论它多么微小，但恰是这个，也惟有这个，赋予人价值；她开始滔滔不绝地谈自己，谈她在布拉格郊区的一个文化宫里的工作、她组织过的诗歌讲座和诗歌晚会，她谈起（带着一种让她显得不得体的夸张）"公众感激的面孔"；随后，她说她很满意有一个儿子，并且看到她自己的相貌（她的儿子像她）渐渐变化，变成一张男人的脸，说她很满意给了儿子一个母亲可以给的一切，并且不声不响地在他的生活印迹上慢慢消失。

她开始谈论儿子并非偶然，因为那一天，儿子出现在她的每个思绪中并责怪她在公墓的失败；这是奇怪的；她从未允许一个男人把意愿强加给她，但是亲生儿子却把她束缚在桎梏中，她却不明白是怎么回事。如果说公墓的失败使她烦乱不安到这种地步，那也主要是她感到愧对儿子，并且害怕他的指责。她的儿子心怀嫉妒、小心翼翼地注意着那些她理应纪念他父亲的事情（是他坚持主张每年的诸圣瞻礼节不能忘记去扫墓！），她很早就想到：这种担心与其说是出于对父亲的爱，倒不如说是出于专横地压迫母亲，把她限制在符合寡妇身份的范围内的愿望；因为事情就是这样，尽管他从没有承认而她也努力（徒劳）不理睬这件事：想到母亲还可以有性生活就令他反感，厌恶考虑她身上任何可以靠性存在的东西（哪怕是潜在性），且因为性概念是与青春概念相关的，也厌恶考虑她身上任何可以靠青春活力存在的东西；他不再是一个儿童，而母亲的青春活力（与母亲的关怀的攻击性相关）在他和开始对他感兴趣的那些女孩子们的青春活力之间形成一个障碍；为了使他可以承载母爱，能够爱母亲，他必须有一位年迈的母亲。而她呢，尽管有时意识到儿子这样做是在把她推向坟墓，但最终还是顺从儿子，屈从儿子的压力，甚至将这种屈从理想化，让自己相信她的生命之美正是源于无声无息地消失在另一个生命的后面。出于这种理想化（没有这个理想化，她脸上的皱纹将会更加刺痛她），她在与男主人的争论中投入了如此意想不到的热情。

但是，她的男主人突然俯身到隔开他们的小桌子上，抚摩着她的手说："如果我说了蠢话，请您原谅。您很清楚我一直就是一个傻瓜。"

7

他们的争论并未让他生气，相反，在他看来，女客只是确认了她的身份：在她反对他自己的那些悲观想法中（难道不是首先反对丑陋和粗俗吗？），他认出了他曾认识的那个她，以至她这个人和他们昔日的艳遇越来越多地充满他的思绪，他只期待一件事，就是什么也别打断如此有利于谈话的忧郁气氛（所以他才抚摩了她的手并把自己称作傻瓜），并且可以对她谈他现在觉得最重要的事：他们共同的艳遇；因为他相信，他和她一起经历了她没有意识到的完全异常的什么事情，对此他一定要寻找并自己找到达意的字眼。

他甚至记不起来他们是怎样认识的，她可能是来会一伙大学生朋友，但是他还完全记得他们第一次约会的那个不起眼的布拉格小酒吧：在装饰着红天鹅绒的一个小单间里，他坐在她的对面，局促不安，沉默不语，但同时，她用来让他明白她的好感的那些优雅手势又令他激动不已。他试图想象（没敢希望实现这些梦想）如果他拥吻她，给她脱衣服，和她做爱时她会怎样，但是他想象不出来。是的，这很奇怪：他无数次地试图想象性爱中的她，但徒劳：她的脸带着同样的安详和温柔的微笑一直对着他，而他不能（哪怕付出持久的想象力）从中看到性爱的欣快的面容。她完全逃脱了他的想象。

这是他一生中再也没有重现的一种状态：他觉得在对质于不可想象之物。他刚刚经历了一生中这段过于短暂的时期（天国时期），此时，想象尚未被经验充斥，没有成为常规，人们此时认识不多的事情，了解不多的事情，因而不可想象物还存在；但如果不可想象物即将转变为现实事物（没有可想象物作中介，没有形象作纽带），人们就恐慌和眩晕。在另外几次他什么决定也没能做的会面之后，他确实眩晕了，她那时开始详细地，带着一种很能说明问题的好奇，询问大学城里他的那间学生宿舍，几乎迫使他邀请她。

那间大学城宿舍——跟他合住宿舍的那一位以一杯朗姆酒作条件，答应那天晚上午夜之前不回来——同今天的公寓没有相像之处：两张铁床、两把椅子、一个壁橱、一盏没有灯罩的炫目的灯、一派混乱。他收拾了房间，七点整（她总是准时，这是她优雅的一部分）她敲响了门。那是在九月，黄昏开始慢慢降临。他们坐在一张铁床的床边，开始拥抱。后来天越来越暗，但他不想开灯，因为他很高兴别人看不到他，他希望在她面前脱衣服时，黑暗能减轻他一直感觉到的手足无措。（如果说他好歹能解开女人的胸衣，但当着女人的面脱衣服时却因害羞而匆匆忙忙。）但是那一次，在解开短袖衫的第一个扣子之前他犹豫了很长时间（他想，脱衣服的最初动作一定是那些有经验的男人才能做出的一种优雅、细致的动作，而他害怕暴露出他的没经验），以至于还是她自己站起身来，微笑着对他说："我脱掉这副盔甲是不是更好？……"于是她开始脱衣服，但是天黑了，他只能看到她动作的影子。他急匆匆地脱掉衣服，直到他们开始（多亏她表现出来的耐心）做爱时，他才感到了某些自信。他看着她的脸，但是在昏暗中，她的表情逃脱了他，他甚至分辨不出她的脸部轮廓。他遗憾没有开灯，但是觉得此时再起身，走向门口，打开灯是不可能的；于是，他继续白白地劳神自己的眼睛：他没有辨认出她；他感觉在与别的什么人做爱；一个假的、抽象的、没有了个性的人。

后来，她坐到他的身上（即便此时，他也只能看到她那挺立起来的影子），摆动胯部，她气喘吁吁，小声地说了些什么，但是很难知道这是对他说的还是对她自己说的。他听不清这些话，他问她说的什么。她继续耳语，甚至在他重新紧紧搂住她的时候，他也没能明白她的话。

8

她听着男主人说，并且越来越被这些久已忘却的细节所诱惑：例如，这件浅蓝色的轻薄夏装，他说，她穿着就像一位不可触摸的天使（是的，她想起这件衣服）；或者头上别着的这个贝壳大发夹，他说，赋予她贵夫人的有些老套的庄重；或者她的习惯，在他们约会的酒吧里，总是点一杯朗姆酒（她惟一的酗酒罪孽）。所有这一切愉快地带走了她，远离公墓和消失了的坟，远离疼痛的腿和文化宫，远离她儿子谴责的目光。啊，她想，我像我现在这个样子活着也是白活，假如我的一点点青春继续活在这个男人的记忆中，我就不白活了；她随后想，这正是对她信念的再次认可：人类存在的整个价值就在于超越自我，存在于自我之外，存在于他人中并为他人而存在。

她听着他说话，而且在他不时抚摩她的手时也不反抗；这动作与谈话的亲密气氛合拍，并散发出使人无法生气的一种暧昧（这动作做给了谁？做给人们谈论着的她，还是做给他正与之交谈的她？）；另外，她喜欢抚摩她的这个人；她甚至想，他比十五年前的那个小青年更让她喜欢，那个小青年的笨拙，如果她没记错的话，稍稍有些让人难以忍受。

当他说到她活动的影子从他身上挺立起来，说到他徒然地想听到她的话时，他沉默了一会儿，而她（天真得如同他知道这些话，如同他想在这么多年后，把这些话作为一个被忘却的秘密提示给她）温柔地问：“我说了什么？”

9

“我不知道。”他回答。确实，他不知道；她那时不仅逃脱了他的想象，而且逃脱了他的知觉，逃脱了他的视觉，也逃脱了他的听觉。当他打开大学城小房间的灯时，她已经重新穿好衣服，她身上的一切重又是光滑、炫目、完美的。他徒劳地寻找这张被照亮的脸与不多会儿前他在黑暗中猜测的那张脸的联系。那天晚上，他们尚未分手，他就要依靠他的回忆了：他尽力想象刚才，在做爱之中，她的脸是什么样的（隐藏在半明半暗中的），她的身体是什么样的（隐藏在半明半暗中的）。没用，她总是逃脱他的想象。

他打算下一次和她在亮处做爱。但是没有下一次了。她机智灵敏而又彬彬有礼地躲避他，而他顺从了疑问和失望：他们的做爱是圆满的，可能吧，但他也知道，之前，他是多么令人讨厌，他为此而羞愧；他感觉自己受到了指责，因为她躲避他，于是，他再也不敢强行去看她。

“请告诉我，您为什么躲避我？”

“对不起，”她用最温柔的声音说，“已经这么长时间了。我还能记住什么？”但是，当他进一步追问时，她说：“不要总是回忆过去。我们违心地为它花费了这么长时间，这足够了！”她说这话是为了稍稍缓解他的坚持（而带着一声轻叹说出的最后一句话或许把她拉回到最后一次公墓之行），但是，他误解了她的表白：犹如这个表白使他一下子明白到（这一显而易见的事实）没有两个女人（今日的女人和昔日的女人），而是惟一一个女人，同一个女人，并且，这个女人，十五年前逃脱了他，现在在这里，伸手可及。

“您的话有道理，当前更重要。”他意味深长地说。说到这，他紧紧地盯着她那微笑的脸，半启的双唇露出一排牙齿；此刻，一个回忆出现在脑海里：那天晚上，在大学城的小房间里，她曾经抓住他的手指放进她嘴里。她使劲咬，咬得他很疼，在这期间，他触摸了她整个口腔，并且还清楚地记着，一侧的后面缺了几颗牙（当时，这一发现并没使他反感，相反，这个小缺陷符合他女伴的年龄，吸引他和刺激他的年龄）。但现在，从她齿间和嘴角张开的缝中，他可以看到洁白得太过分，并且一个不少的牙齿，他对此感到恼火：又一次，两个形象相互错开。但是他不想承认这点，他想用力，用暴力把它们合到一起，他说：“您真的不想来一杯白兰地吗？”由于她以一个迷人的微笑和眉毛的微微上扬拒绝了，他就退到隔板后面，拿出一瓶白兰地，嘴对着瓶口快速地喝起来。他随后想，她可能因他呼出的气味发现他刚刚偷偷干的事，就拿起两个酒杯和酒瓶，带进了房间。她再次摇头。“至少象征性地。”他说，并给两个酒杯斟上酒。他和她碰了杯：“为我只谈现在的您，干杯！”他一饮而尽，她湿湿嘴唇，他坐到她那把椅子的扶手上，抓住她的双手。

10

当她同意随他一起来他的公寓时，她没料到会发生这样的一次接触，立刻，她就对此害怕了；犹如这种接触发生在她有时间为此做好准备之前（因为她久已丧失了成熟女人懂得的这种常备状态）；（在这种惊恐中，我们或许可以觉察出某些同刚刚第一次被拥吻的少女的惊恐共同的东西，因为如果少女尚未准备好，如果女客不再有所准备，那么这个“不再”和这个“尚未”就是神秘地联系在一起的，就像老年和童年联系在一起）。然后，他让她坐到沙发上，搂住她，抚摩她的整个身体，而她在他的臂中感到软弱无力（是的，软弱无力：因为她的身体久已失去至高无上的肉体感觉，这种感觉把收缩和放松的节律和美妙反射的上百次活动传达给肌肉）。

但是，最初的惊恐很快就在他的抚摩下消解了，而她，尽管远不再是那个漂亮的成熟女人，现在还是以一种令人眩晕的速度回到那个逝去的存在中，回到那个逝去的存在的感觉和知觉中，她找回老练情人的昔日的自信，而因为她很久没有体会到这种自信，她现在体会到的是过去从未有过的更强的自信；她的身体，顷刻之前，还曾惊讶、惊恐、被动和软弱无力，现在已经活跃起来，以她自己的抚摩作为回应，她感觉到这些抚摩的精准和老到，而这让她充满幸福；这些抚摩，她把脸贴在他身上的方式，这些精巧的、令他的上身回应拥抱的运动，她重新找到所有这一切，这不像是一件学来的事，不是某种她熟知的，目前用一种冷静的满足做着的事，而像是本质上就属于她的某些东西，在醉意和狂热中与她融为一体的东西，像是她回到她熟悉的大陆（啊，美的大陆！），她曾经从那儿被驱逐出来而她又庄严地回到那儿。

现在，她的儿子在无限远处；当男主人抱紧她时，她看见儿子在她思想的一隅指责她，但是他很快就消失了，而现在，方圆百里之内，只有她和正抚摩她、搂着她的这个男人。但是，当他把嘴贴上她的嘴并要用舌头开启她的双唇时，一切都变了：她回到了现实。她紧紧咬住牙（她感觉到粘在她腭上的假牙，她似乎感到满嘴都是假牙），然后，温柔地推开他："不。真的。请原谅。不要这样。"

因为他还坚持，她抓住他的手腕并重申她的拒绝；然后她对他说（她说话很吃力，但她知道，如果想让他听话，她就一定要说）他们要想做爱已经太迟了；她提醒他她的年龄；她说如果他们做爱，他只能感到对她的厌恶，她也将对此失望，因为他对她说的关于他们昔日艳遇的那些话，对她永远是美丽的和重要的；她的身体是乏味的并且损坏了，但她现在知道这身体尚存某种非物质的东西，就像星星虽然已经熄灭，但仍然闪亮着一束光；如果她的青春未损，出现在另一个生命中，她的衰老也就无所谓了。“您在您的记忆中为我竖起一座碑。我们不能允许它被推倒。请理解我。”她说，拼命自卫着，“您无权，您无权这样。”

11

他向她保证她始终美丽，事实上什么都没变，始终还是老样子，但是他知道自己在撒谎，而她是有道理的：他太了解自己对身体的过度敏感，对女性身体的种种缺陷所感受到的厌恶与年俱增，而这种厌恶，最近几年，导致他去接近一个更比一个年轻的女人，就像他痛苦地意识到的，也是一个更比一个愚蠢的女人；是的，在这个问题上他不会有任何怀疑：如果他说服她做爱，最终将是厌恶，而这厌恶不仅能玷污这个时刻，还要玷污他长期爱着的一个女人的形象，他把这形象当作一件瑰宝保存在他的记忆中。

这一切他都明白，但这一切不过是一些概念，概念根本不能对抗意愿，意愿只知道一件事：这个触不着抓不到的女人让他十五年来不得安宁，这个女人就在这儿；他终于可以在光亮中看到她；他终于可以在她今日的身体中辨出昔日的身体，在她今日的脸上辨出昔日的脸；他终于能够揭示她做爱时面部表情的不可想象，做爱时痉挛的不可想象。

他搂住她的肩膀并直视她的眼睛："请您不要抵抗我，抗拒没有意义。"

12

但是她摇头，因为她知道抗拒他一点也不荒谬，她了解这些男人和他们对女性身体的态度，她知道即使是最狂热的理想主义者在做爱时也不能让身体的外表失去它可怕的权力；的确，她还有十分得体的身材，保存着其原有的匀称，她还有完全年轻的外表，特别是穿着衣服时，但是她知道在脱去衣服后，她就露出脖子的皱纹，她就袒露出十年前做的一次胃手术所留下的那条长长的疤痕。

随着她重新意识到刚才被她忘记了的她身体现在的样子，今天上午的种种焦虑也从街道深处升到公寓的窗户（她曾认为公寓的高度足以使她不受生活的侵袭），它们充满房间，落在带框的绘画复制品上、扶手椅上、桌子上、空咖啡杯里，而儿子的脸统领着它们的行列；她一发现儿子，脸就红了，并试图躲进自己内心的什么地方：她真是疯了，差一点脱离他给她标示的，直到现在她还一直面带微笑遵循的路，差一点背离了激情的诺言；她曾想（尽管是一闪念）逃走，瞧，她必须现在顺从地重新走她的路，并认定这是惟一适合她的路。她儿子脸上的冷嘲热讽，让她在羞怯中感觉自己在他面前变得越来越小，直至耻辱至极地剩下胃部的疤痕。

男主人抓住她的肩膀再次说："抗拒没有意义。"而她摇头，但完全是机械地，因为她的眼睛没有看见男主人，看到的是她儿子那张敌对的脸，随着她感觉自己变得更加渺小，更加屈辱，她就更加厌恶的那张脸。她听见他在为消失的坟墓指责她，而她冲着他的脸狂怒地喊出这样的一句话，它从回忆的混乱中，不顾任何逻辑地迸出：先死者应该让位于后死者，我的宝贝儿！

13

他丝毫不再怀疑这将以厌恶告终，因为，目前，就是他投向她的目光（探究的和锐利的目光）都不免带有几分厌恶，然而，奇怪的是，这不妨碍他，这让他兴奋并刺激他，就仿佛他盼望着这种厌恶：在他身上，性交的欲望与厌恶的欲望十分近似；辨认这么长时间他都不熟知的她身体的欲望，跟立即玷污新近破解的秘密的欲望交织在一起。

这种狂热来自何方？不管意识到还是没有意识到，惟一的机会给了他：他的女客对他而言化为他不曾拥有的这一切，逃脱他的这一切，他所不足的这一切，他缺失的这一切，因为这缺失，他才无法容忍他现在这个头发开始脱落的年龄和这份可怜地空着的总结；而他，无论具有清醒的意识还是隐约感觉到，他现在都可以让曾经拒绝他的所有这些乐事丧失意义（其乱糟糟的五颜六色使得他的生活如此悲惨地失去颜色），他可以揭示这些乐事是微不足道的，这些乐事只是表象和衰退，这些乐事只是炫耀自己的尘埃，他可以报复它们，侮辱它们，消灭它们。

“不要拒绝我。”他又一次重复道，同时强行把她搂紧。

14

她一直面对着儿子挖苦的眼光和面孔，当男主人使劲搂紧她时，她说:“原谅我，请让我安静片刻。”她挣脱了他；事实上，她害怕打断她的思绪：先死者应该让位于后死者，而这些碑毫无用处，包括现在她身边的这个男人为十五年中所敬畏的她而立的碑，所有的碑都毫无意义，毫无意义。这就是她对思绪中的儿子说的话，她带着复仇的满足看着儿子这张愤怒的、对她喊叫的脸:“你从来没有这样说过话，妈妈！”她很清楚她从来没有这样说过话，但是此刻充满了光亮，这光亮使得整个事情清清楚楚：

面对生活，她没有任何理由偏爱这些碑；她自己的碑对她而言仅仅只有一个惟一的存在理由：她现在可以滥用它，为了她那受轻视的身体的利益；因为她喜欢坐在她身边的男人，他年轻，并可能是(甚至几乎肯定是)最后一个喜欢她的男人和她可以拥有的男人；这是惟一的考虑；如果随后她让他感到厌恶，摧毁了他头脑中她自己的碑，她会对此嗤之以鼻，因为这块碑和这个男人的记忆是她身外之物，而她的身外之物是根本用不着考虑的。“你从没有这样说过话，妈妈!”她听到儿子的惊呼，但并不在意。她微笑了。

“您说得对，我为什么要抗拒？”她温柔地说并站起来。然后，她开始慢慢地解开裙子的搭扣。夜晚还早呢，这一次，房间中完全是明亮的。

VI

哈威尔大夫二十年后

1

哈威尔大夫起程去疗养那天，他的漂亮妻子眼泪汪汪。这大概是同情的眼泪（哈威尔一些日子以来患上了胆囊炎，而他的妻子从没有见他生过病），但三个星期离别的景象也的确在她身上唤起嫉妒的苦恼。

您说什么？这位漂亮、令人仰慕、年轻得多的女演员嫉妒一个老先生？老先生几个月来，为了预防奸诈的疼痛，每次出门都要在口袋里装上一瓶药。

但事情就是这样，没人能理解她。就是哈威尔大夫也不例外，从她的外貌看，他也一样认为她是无懈可击和高贵无比的；他只能比几年前更受诱惑，那时，他开始了解她，并发现她的单纯、她深居简出的性格、她的羞怯；这很奇怪：就是他们结婚之后，女演员也没有一刻想到过她的青春赋予她的优势；她似乎被她的爱情迷住了，被她丈夫了不起的色情声望迷住了，她觉得丈夫总是不可捉摸和抓不住，尽管他一天一天地努力说服她，用了一种无限的耐心（和一种彻底的真挚），她没能也永远不能和他平等，她痛苦而强烈地嫉妒；只是与生俱来的庄重可以盖住暗中翻腾得更加猛烈的这种卑劣情感。

哈威尔知道这一切，他时而感动，时而恼火，并且已经有些厌倦，但因为他爱他的妻子，他用尽各种办法减轻她的这些苦恼。这次也是，他试着帮助她：他夸大他的痛苦和症状的严重性，因为他知道，想到他的疾病时，他妻子体会到的恐惧对她来说是一种补体强身的恐惧，而他的健康（充满了不忠和诡计）给她带来的害怕则使她虚弱；这就是为什么他经常把话题引到在疗养期间将负责他的弗朗蒂丝卡大夫那里；演员认识女大夫，女大夫的外貌非常宽厚，与任何淫荡形象绝对不相干，这让她放心。

当哈威尔大夫最终上了汽车，看到站在站台上的漂亮妻子那泪汪汪的眼睛，说实话他感到宽慰，因为他妻子的爱固然惬意，但也沉重。可是在矿泉疗养院还是一样，这里也好不到哪儿去。他每天三次要用水灌饱肚子，喝过水后，他出现疼痛，他感觉疲乏，而当他在拱廊下看到漂亮女人时，他惊恐地意识到自己老了，她们激不起他的向往。惟一能让他饱览一番的女人就是善良的弗朗蒂丝卡，她给他打针，给他量血压，给他做腹部触诊，并且没完没了地跟他谈起矿泉疗养院发生的事和她两个孩子的事，特别是她那个长得非常像她的儿子。

当他收到妻子的一封信时，他正处在这种精神状态下。哎，真倒霉！这次他妻子的庄重没能顶住压着沸腾的嫉妒的盖子。这是一封充满呻吟和抱怨的信：她说她什么也不想责怪他，但是她夜里无法合眼；她说她很清楚她的爱令他不舒服，而她不难想象他能够离开她清静一下是多么高兴；是的，她实在是太明白了她让他心烦；也知道她是太软弱了因而改变不了他那有成队女人经过的生活；是的，她知道这个，她不反对，但是她哭泣并且不能入睡……

当哈威尔大夫读完这张长长的哀诉单，他想起这徒劳的三年，在这三年中，他耐心地尽力在妻子那里以一个懊悔的放荡鬼和一个多情丈夫的样子出现；他感到非常灰心和失望。他生气地把信揉了，扔进纸篓。

2

次日，他感觉好了些。他的胆囊不痛了，他略微地、但明显地对早晨看到的在拱廊下散步的好几个女人产生了兴趣。遗憾的是，这微小的进步被一个重大得多的发现抹去了：这些女人毫不在意地从他身边经过，对她们来说，他已经同喝矿泉水的脸色苍白的病人队伍混在一起……

“你看，见好了，”女大夫弗朗蒂丝卡在早晨听诊之后对他说，“尤其要严格遵循你的饮食起居规定。幸好，你在拱廊下遇到的那些女病人太老、太弱，不会撩拨你，这对你更好，因为你尤其需要安静。”

哈威尔把衬衫塞回裤子里；这时，他站在挂在屋角盥洗池上方的小镜子前，悲伤地审视着自己的脸。然后他十分凄凉地说：“你错了。我注意到在拱廊下跟老太太们一起散步的，有几个非常漂亮的姑娘。只是，她们看都不看我。”

“我真想相信你想要的一切，但不是这个！”弗朗蒂丝卡反驳道。而哈威尔大夫把眼睛从他在镜子中看到的悲伤景象移开，直视着女大夫轻信和忠诚的眼睛；他对她怀有几分感激，同时也非常清楚，她只是按照传统做法表达一种相信，对她已习惯的、他扮演给她看的角色的相信（她总是怜悯地责怪这个角色）。

然后有人敲门。弗朗蒂丝卡打开门，一个毕恭毕敬地点头致意的年轻男人探进了脑袋。“噢，是您啊！我完全把您给忘了！”她让年轻人进到诊室并对哈威尔解释说，“两天前本地杂志的主编就想见见你。”

年轻人开始滔滔不绝地为这么不合时宜地打搅哈威尔大夫道歉，并努力（可惜！用了有些不自然的、令人不快的表达方式）用一种轻松的口气；哈威尔大夫不要怪罪女大夫透露他在这里，因为不管怎样，记者最终也会发现他，必要时在温泉浴缸里；哈威尔大夫也不要怪罪记者的厚颜无耻，因为这正是记者职业不可或缺的素质，没有这种素质他就无法谋生。然后他详尽地谈了矿泉疗养院每月出版一期的画刊，每期都有对在疗养院疗养的一位名人的访谈，他列举了多个名人，其中有一位政府官员、一位女歌唱家、一位冰球运动员。

“你看，”弗朗蒂丝卡说，“拱廊的漂亮女人对你不感兴趣，相反，你让记者感兴趣。”

“这是一种可怕的衰退。”哈威尔说。但是他很高兴有这样的机会；他对记者微笑，并言不由衷地回绝了显然令他感动的记者的提议：“至于我，先生，我既不是政府官员，也不是冰球运动员，更不是女歌唱家。当然，我无意贬低我的科学研究，但是对此感兴趣的是一些专业人士而非大众。”

“可我想采访的不是您；我甚至没想到这个，”年轻人简洁坦率地回答，“我想采访您的夫人。我听说您疗养期间，她要来看望您。”

“您的消息比我的还灵通。”哈威尔大夫颇为冷淡地回答。然后，走近镜子，他又一次审视了自己的脸，它令人讨厌。他扣上衬衫领子的扣子，不再说话。年轻记者陷入一个窘境，这让他迅速失去了如此骄傲地宣称的职业的厚脸皮；他向女大夫道歉，他向大夫道歉，他走出房间后才松了一口气。

3

与其说记者是个蠢货倒不如说是个冒失鬼。他并不很欣赏疗养院的这份刊物，但是因为他是惟一的编辑，他必须什么都干，以便每月用不可或缺的图片和文字填满二十四页版面。夏天还马马虎虎，因为疗养院名流攒动，各类乐团到这里举行露天演出，不缺少轰动的小道消息。相反在多雨的那些月份，拱廊下就涌进了无聊的乡下女人，最小的机会也必须抓住。所以，当他头天得知疗养院现在的客人中有一位著名演员的丈夫，这个女演员恰好在一部新警探片中扮演角色，几个星期以来成功地让沉闷的疗养者们放松了一番，他就闻风而动，立即开始调查。

但是现在，他感到羞愧。

事实上，因为他一向不自信，所以，与同他打交道的那些人相比，他处在卑屈的从属地位，他怯懦地在他们的眼中确认自己表现如何，价值几分。可是，他看出来人家认为他可怜、愚蠢、讨厌，而这种想法尤其令他难以忍受，特别是因为，如此评价他的人乍一看还引起了他的好感。所以被不安纠缠的他当天就打电话给女大夫，询问她女演员的丈夫到底是什么人，他得知这位先生不仅仅是医学界的权威，而且就算他不是权威，也是一个非常著名的人物，记者还能没有听说过吗？

记者承认他没有听说过，女大夫宽容地说："显然，您还是一个孩子。幸好，在哈威尔大夫享有盛名的专业中您只是一个不知情者。"

当他向其他人问了其他问题之后，他才知道，女大夫影射的那个专业只能是色情领域。据说在国内，哈威尔在这个领域中似乎无人能敌，他为被列入不知情者而羞愧，另外，也为他从来没有听说过哈威尔大夫这一事实而进一步证实了这一评价而羞愧。因为他一直梦想成为与那个男人一样的行家，一想到，恰好是在那个男人面前，在他的大师面前，他的行为就像一个可恨的笨蛋，他就生气；他想起他的饶舌，他的愚蠢玩笑，他的缺乏分寸，他只能谦卑地承认定论的依据，他相信在大师谴责的沉默中，在大师盯着镜子的茫然目光中看到的定论。

故事发生的这个矿泉疗养院不大，不管愿意不愿意，所有人每天都要多次碰面，年轻记者很容易再见到他脑子里想着的那个男人。那是在傍晚，成群的肝病患者在拱廊下来来往往。哈威尔就着一个平底大口瓷杯啜饮恶臭的水。年轻记者走近他，开始惶恐地道歉。他说他绝没料到著名演员哈威尔夫人的丈夫是他，是哈威尔大夫，而不是别的什么哈威尔；在波希米亚有许多哈威尔，记者说他很抱歉没有把女演员的丈夫和他很早就肯定听说过的著名医生联系起来，他不仅是医学界的一位泰斗，而且还有——他或许可以斗胆说——各种各样的传闻和轶事。

以哈威尔大夫目前的这种阴郁心情，他没有任何理由不愿意听到年轻人的这番话。特别是他提到的传闻和轶事，哈威尔大夫很清楚，它们就像他本人一样，也在遵循着衰老和遗忘的规律。

“您无需道歉。”他对年轻记者说，因为他看出记者的拘束，他就轻轻地挽起他的胳膊，请他一起在拱廊下散步。为了安慰记者，哈威尔说:“这甚至不值得再提了。”但同时他自己又滞留在这些道歉的话中，并且多次问道:“这么说，您听到对我的议论了？”且每问一次，都发出高兴的笑声。

“是的，”记者兴奋地答道，“但我想象的您完全不是现在的样子。”

“您想象我什么样？”哈威尔大夫真心关切地问。因为记者回答不出来，含混不清地说了几句，他就伤感地说:“我知道了。小说、传奇或者幽默故事中的人物与我们相反，是由不遵从生老病死法则的一种物质构成的。不，我并不想说传奇和幽默故事是不朽的；它们肯定也会老，它们的人物与它们一起老；只不过他们老的方式不同，他们的面容不变，也不被歪曲，而是变得模糊不

① Pépé le Moko，法国导演杜维威尔的同名影片（一译《逃犯贝贝》）中的主人公。

清，慢慢消失，最后混入空间的透明中。莫考爷爷[1]和收集者哈威尔，还有摩西和帕拉斯·雅典娜，或者阿西西的圣方济各就这样消失了；想想方济各要和落在他肩上的那些小鸟、在他腿上蹭来蹭去的小鹿、给他遮阴的橄榄枝一起慢慢变得模糊不清，想想整个他的风景要慢慢和他一起消失，和他一起变成令人快慰的蔚蓝色。至于我，亲爱的朋友，像我这样，赤裸裸的，摆脱了传奇，我将当着生机勃勃的青春的面，消失在颜色刺眼不可缓和的一片风景的背景上。”

哈威尔的长篇大论让记者既狼狈又兴奋，两个男人在初临的夜色下又进行了很长时间的散步。分手时，哈威尔称他已经吃腻了食谱规定的饮食，想第二天好好吃顿晚饭，问记者能否同他一起吃。

记者当然同意。

4

“别告诉女大夫，”哈威尔坐到记者对面并且一把抢过菜单，说，“但我有一个基本的饮食原则：严格避免所有不想吃的菜。”然后他问年轻人想喝什么开胃酒。

编辑没有饭前饮酒的习惯，也不知道还有什么别的酒，就说：“一杯伏特加。”

哈威尔大夫显得不高兴：“伏特加，散发俄国精神臭气的东西！”

“正是。”年轻人说，从这时起，他就完蛋了。他就像评审委员会面前的中学毕业会考的考生。他并不寻求说他想说的话，做他想做的事，而是尽力让评委满意；尽力猜测他们的意图、他们一时的想法、他们的趣味；他希望与他们相符。无论如何，他只能承认他的那些正餐是低劣、粗俗的，而该吃什么样的肉，该喝什么酒他完全没有概念。哈威尔大夫无意之中让他颇感痛苦，没完没了地询问他选什么冷盘、什么主菜、什么酒、什么奶酪。

当记者看出考官给他的美食学口试打了低分后，他想用更大的努力去补救这次失败。在冷盘过后等待主菜的间隙中，他毫不掩饰地打量餐馆中的女人；他想随后品评一番以显示他的趣味和经验。他又一次倒了霉。当他说和他们隔着两张桌子的一个红发女人肯定是个出色的情人时，哈威尔大夫不含恶意地问他凭什么这样说。编辑作出一个含糊的回答，而当大夫询问他与红发女人交往的经验时，他陷进了扯不清的弥天大谎中，并很快就住了嘴。

相反，哈威尔大夫在记者羡慕的目光下越来越自如和高兴。他为肉菜要了一瓶红葡萄酒，而年轻人借酒壮胆，开始了一个新的尝试，以表明不愧于大师的宠爱；他详细地谈了他近期相识的一名年轻姑娘，几个星期以来他向这个姑娘献殷勤，并很有成功的希望。他的自白相当晦涩，而且他的满脸窘笑，他有意的模棱两可，说明事情尚无定论，只不过表明他勉强克服了某种不确定性。哈威尔清楚地感觉到这一切，他出于同情，向记者询问那个年轻姑娘各种各样的身体特征，以使他可以停留在他所珍爱的话题上，并且更加自由地谈话。但这一次年轻人还是失败了：他的回答明显的过于笼统：他不能稍微确切地描述年轻姑娘身体的总体结构，也不能描述她解剖学上的各个不同方面，更别说她的特点了。于是，哈威尔大夫最后让自己成了谈话的中心人物，并且任由自己渐渐沉浸于夜晚的享受和酒的陶醉中。他给记者灌输由他自己的回忆、他那些轶事、他那些玩笑构成的一种精神独白。

记者慢慢地喝着自己的酒，听着，此时，他体验到一些矛盾的情感。首先他是不幸的：他觉得自己毫无价值并且愚蠢，是坐在不可怀疑的一位大师对面的值得怀疑的一个学徒，他羞愧于开口；但同时，他是幸运的：他感觉受到了恭维，因为大师坐在他的对面，作为朋友同他谈话，向他吐露了各种各样绝顶珍贵的个人意见。

因为哈威尔的话语滔滔不绝，年轻人就想自己也开口说话，插入自己的看法，随声附和，表现自己是出色的合作者；所以他又一次把话题引到自己的女朋友身上，并私下里问哈威尔是否同意次日见见她，以便可以告诉记者，以他的经验，如何评价她；换句话说（是的，这是他激动中说出的话）以便他认可她。

这主意从哪儿来的？这难道只是一个从酒气中、从想说点儿什么的狂热欲望中突然冒出来的吗？

主意尽管是自发的，记者却也期待三重好处：

——共同和暗地鉴定（认可）的阴谋在他和大师之间建立了一种秘密关系，可以增强友谊，增强记者向往的同谋关系；

——如果大师表示赞许（像年轻人希望的那样，因为他自己深受这位年轻姑娘的吸引），这将是对年轻人、对他的选择、对他的趣味的赞许，他由此在大师的眼里将从学徒晋升到合伙人，他也由此在自己眼里变得更加重要；

——最后：年轻姑娘本人在年轻人眼中也将更有价值，而他从她的存在所获得的欢乐将从一种虚构的欢乐转变为一种真实的欢乐（因为年轻人有时感到，他生活的世界对他而言是价值的一个迷宫，这些价值的意义在他看来绝顶含混，而价值只有在被核实后才从表面价值转变为真实价值）。

5

哈威尔大夫次日醒来时，感觉因头一天的晚餐胆有些痛；他看表时，发现自己要在半小时后进行水疗，因此要加快速度，尽管加快速度是他最讨厌的事之一；他梳头时，在镜子中看到了一张让人不快的脸。这天开始就不顺利。

他甚至没有时间吃早饭（他认为这也不是好兆头，因为他非常遵守有规律的生活习惯）就急急忙忙向温泉水疗室走去。在那儿，他进入一条长长的走廊，他敲了一扇门，一个穿白工作服的金发美女出现了，她用一脸的不高兴让他意识到来晚了，并让他进去。哈威尔在更衣室隔板后面开始脱衣服。接着，他听到人家高声问："嗨，好了吧？"女按摩师的声音越来越没礼貌，刺伤了哈威尔大夫并促使他报复（唉！哈威尔大夫多年来只知道惟一一种报复女人的方式！）。于是，他脱掉裤衩，收腹，挺胸，打算走出更衣室；但随后，他又因这种与他不相称的努力而气馁，这让他觉得在别人那里非常可笑；他又让肚子舒服地垂下去，以他认为惟一符合自己的那种漫不经心向大浴缸走去，并浸到温乎乎的水里。

女按摩师对他的胸脯和肚子毫不在意。她在控制板上转动了几个阀门。当哈威尔大夫平躺到浴缸里后，她把他的右腿按到水中，在水下用喷出强力水流的喷嘴贴着他的脚掌滋水。哈威尔大夫感到痒痒，动了动大腿，女按摩师就提醒他服从命令。

他本来可以用一个玩笑、一通闲聊、一个风趣的问题，让金发女人改变她冷漠的无礼，这并不困难，但是哈威尔大夫太生气，太被冒犯了。他想她该受到一次惩罚，他不能让她这么随心所欲。当她把水管对准他的小腹，而他因为怕被强大水流弄痛而捂住私处时，他问她今天晚上干什么。她看也不看他，问他为什么对她的时间表感兴趣。他解释说，他住的是单人单床的房间，希望她来找他。金发女人对他说:“我想您找错门了。”并让他转过身子。

于是哈威尔大夫趴在浴缸里，抬起下巴呼吸。他感觉强大的水流在按摩他的大腿，并对与女按摩师说话时所用的口气很是得意。因为哈威尔大夫历来都要惩罚反抗的、傲慢的或者任性的女人，他总是冷漠地、没有一点点温情地、并且几乎不声不响把她们引到他的沙发上，再同样无情地把她们从那儿打发走。他需要一点时间，才能知道他刚才同女按摩师说话时是否用了恰如其分的冷漠并没有一点点温情，但是他没有驾驭她，而他或许也不能把她引到他的沙发上了。他知道他被拒绝了，而这是一个新的侮辱。后来，他很高兴单独一个人待在更衣室，裹在一条浴巾里。

然后，他急忙离开水疗室，向时光影院的电影海报栏走去，那里挂着三张电影剧照，其中一张是他妻子的，可以看见她惊恐地跪在一具尸体旁。哈威尔大夫审视着这张因恐惧而变形的漂亮脸蛋，他感受到一种无边的爱和无限的思念。他的眼睛久久地离不开橱窗。然后他决定去弗朗蒂丝卡那里。

6

当女大夫送走病人，请他进诊室时，他说:“请给挂个长途，我必须和我妻子讲话。”

“发生什么事了吗?”

“是的,” 哈威尔说,“我感到孤独!”

弗朗蒂丝卡不相信地看着他，拨了长途台的号码并复述哈威尔给他的号码，然后她挂上电话说:“你，你感到孤独?”

“为什么不?” 哈威尔不高兴地回答,“你就像我妻子一样。你们把我看作我早已不再是的那个男人。我卑微，我孤单，我忧伤。我上了年纪。我可以对你这么说，这一点也不愉快。”

“你应该要几个孩子。” 女大夫回答说,“这样你就不老想着你自己了。我也一样，上了年纪，而我甚至没想过这事。当我看到我儿子慢慢长大，我就想，他成为一个男人时是个什么样子，而我不为过去的时间哀叹。想想他昨天对我说的话：既然人怎样都得死，要医生有什么用？你怎么说？你怎么回答这个?”

正好，哈威尔大夫不用回答了，因为电话响了。他拿起听筒，一听到他妻子的声音就立即对她说他很悲伤，没有人可以和他讲话，没有人可以看他一眼，他实在受不了一个人待在这里。

从听筒传出一个微弱的声音，开始时怀疑，木然，近乎吞吞吐吐，但是最终在丈夫话语的压力下平息了一点。

“求你了，来这儿吧，一有可能你就来这儿找我！”哈威尔对着话筒说，他听到妻子回答说她很愿意来，但是她几乎每天都有一场演出。

“几乎每天，不是每天。”哈威尔说，他听到妻子回答说她明天休息，但是她不知道去一天是否值得。

“你怎么这样说，”哈威尔说，“你不知道，一天，在短短的一生中多宝贵？”

“你真的不怨我吗？”听筒里的微弱声音问。

“我为什么怨你？”

“因为那封信。你身体不舒服，而我，我用嫉妒女人的一封蠢信惹你心烦。”

哈威尔用一股温情淹没了话筒，而他妻子表示（现在完全是一种受感动的声音）她明天来。

“不管怎样，我羡慕你。”弗朗蒂丝卡在哈威尔挂上电话后说，“你拥有一切。你想要多少情人就有多少情人，而同时又有一个美好的家庭。”

哈威尔看着那位谈论着羡慕的朋友，但是她也许太善良了，以致不能轻易地就羡慕什么人。他可怜她，因为他知道孩子们带来的欢乐不能代替其他欢乐，负有不得不取代另一种欢乐的责任的欢乐，是一种过眼的欢乐。

他随后去进午餐，餐后睡了一小觉，醒来后，他想起年轻记者在咖啡馆等他，给他介绍他的女朋友。于是他穿上衣服出了门。在疗养院下楼时，他发现衣帽间那儿有一个像一匹漂亮赛马的高个子女人。哎，就缺这样的啦！因为，正是这样的女人一直让哈威尔大夫发狂。衣帽间的女服务员把大衣递给高个子女人，而哈威尔上前帮她穿上一只袖子。像一匹马的女人漫不经心地道了谢，哈威尔说:“我还能为您做点什么吗，夫人？”他对她微笑，但她没有笑脸，回答说没有了，就急匆匆走了。

哈威尔感到脸上仿佛挨了一记耳光，在新一轮的孤零零状态下，走向咖啡馆。

7

记者已经在包间里挨着女朋友坐了不短的时间（他选择了可以看见门口的位子），他无法把注意力集中在谈话上，往常这种谈话是他们之间愉快的和不知疲倦的窃窃私语。他因为哈威尔而紧张。自打认识女友，这是他第一次试着用批评的目光看她，在她说话时（幸好，她一刻不停地说，以至记者的不安未被察觉），他在她的美中发现了好几个小缺陷；他为此烦乱，但立即一个念头又让他放心了，这些细小缺陷使她的美更引人注目，也正是因为这些缺陷，整个的她才这样亲切地与他相近。

因为年轻人非常爱他的女朋友。

但是如果他爱她，为什么他屈从这个主意，这个让女友那么丢脸的主意，让一个淫荡的医生认可她呢？即使我们同意某些可以开脱罪责的情节，例如，承认这对他只是一个游戏，但为什么一个简单的游戏要让他这么烦乱？

这不是一个游戏，年轻人真不知道该怎么看他的女友，他真的不具备衡量她的魅力和她的美的能力。

难道他就这么幼稚，这么缺乏经验，到了不分美女和丑女的地步了吗？

不，他的经验还没缺乏到这般地步，他结识过好几个女人，和她们有过各种各样的私情，但是他总是关心自己远甚于考虑她们。例如，让我们来看看这个特别的细节：他确切地记得他和某个女人出去的那天他是如何着装的，他知道某一天，他穿了一条太肥的裤子并因此而不高兴，他知道另一天他穿了一件白色绒衣就像一个潇洒的运动员，但他完全记不起来女朋友们那时穿的是什么。

是的，这确实很特别：为了他那些短暂的艳遇，他对着镜子，专心于对自己本人长时间和细致的研究，而对对面的女性只有整体和表面的认识；他关心他给女伴的形象远甚于他女伴给他的形象。这并不是说和他一起出去的女人漂亮与否对他不重要。正好相反。因为，除了他本人要展示给他的女伴看之外，他们两人还要一起展示给其他人看，并接受他们的评价（被世人看和评价），他很看重他的女朋友得到社会的赞同，他知道，在女朋友身上，他的选择、他的趣味、他的层次因而也就是他本人在被人评价。正是因为他靠别人的评判行事，他不敢过于相信自己的眼睛；相反，直到那时，他都只限于倾听舆论的声音并根据它说话做事。

但是，舆论的声音能和一个大师和内行的声音相比吗？他焦急地看着门口，当他终于透过窗户看到哈威尔大夫的身影时，他假装吃惊地对女友说，纯属偶然，他即将为杂志采访的一位名人进了咖啡馆。他起身迎接哈威尔大夫，并把他带到他的桌边。年轻姑娘被介绍打断了一会儿，接着便忙不迭地继续她滔滔不绝的饶舌。

十分钟前被像一匹赛马的女人拒绝的哈威尔大夫，现在仔细地审视着叽叽喳喳的女孩儿，更深地沉入到自己阴郁的心境里。女孩儿不是一个美人，但她完全是有魅力的，毫无疑问，哈威尔大夫（人们曾认定他是死神，带走一切）会很高兴不声不响地拿走她。事实上，她有些引人注目的特征，尽管这些特征在美学上存有一些暧昧之处：她的鼻根有许多细小的金色雀斑，这可以被看作白皙皮肤上的一个瑕疵，但也是这个白皙上的一个天然瑰宝；她绝顶纤细，与完美女性的匀称相比，人们可以把这称作一种不足，但也完全可以称为成年女性身上尚还留存的令人兴奋的孩子的娇嫩；她过于饶舌，这可以算一个让人难以忍受的怪癖，但也是一个好秉性，它可以让伴侣沉湎于自己的思考而不被发现。

记者偷偷地且不安地观察医生的脸，当他觉得这张脸在危险地沉思时（这不是一个太好的兆头），他招呼侍者，要了三杯白兰地。年轻姑娘不同意，说她不喝酒，随后，在他们的再三劝说下，她终于相信她可以而且应该喝，而哈威尔大夫悲伤地明白到，这个在美学方面存有一些暧昧之处的女人，在滔滔不绝中透露出灵魂的非常单纯，如果他有所企图，可能会是他今天的第三次失败，因为，往日里犹如死神一般至高无上的哈威尔大夫，今非昔比了。

后来，侍者端来白兰地。他们三人一起碰了杯，哈威尔大夫盯着年轻姑娘的蓝眼睛就像盯着一个不会属于他的人的敌意的眼睛。当他把这双眼睛理解为敌意时，他也就报之以敌意，并且一下子在眼前看到一个美的特征完全清楚的女人：一个柔弱的姑娘，有一张被雀斑的污点玷污的脸，不可救药地在那里饶舌。

尽管这一变形让哈威尔大夫高兴，就像年轻人悬在他身上的带着不安询问的目光一样让他高兴，但这些高兴与他身上裂开的苦涩深渊相比显得很小。他想，继续这次不能给他带来任何愉快的会面是错误的，于是他开口，向面前的年轻人和他的女朋友说了一番热情的话，表达了同他们一起度过这美妙时光的满意，说他还有事，并匆匆告辞。

当大夫走到玻璃门前，年轻人拍拍脑门，说他把确定采访时间的事忘了个干净。他匆忙离开包间，在街上追上哈威尔。“那么，您认为她怎么样？”他问。

哈威尔大夫长时间地注视着年轻人，后者的眼神中掩饰不住的仰慕让大夫的心热乎乎的。

相反，大夫的沉默让记者局促不安，于是先开口说：“我知道她不是一个美人。”

“肯定不是。”哈威尔说。

记者低下头：“她有点饶舌，但是除开这点，她是可爱的！”

“是的，可爱，”哈威尔说，“但是一条狗，一只金丝雀，或者一只在农场院子里摇摇摆摆的鸭子也可以是可爱的。在生活中要考虑的，并不是拥有尽可能多的女人，因为这只是一种表面的胜利。更应该培育专门针对自己的一种需要。记住这点，我的朋友，真正的钓鱼人把小鱼扔回河里。”

年轻人开始道歉，并确认他自己也对女友存有重大疑问，他要听哈威尔大夫的意见本身正说明了这点。

“这并不重要，”哈威尔说，“您不必为这种小事不安。”

但是年轻人继续道歉并为自己辩解，他最后说，秋天，疗养院的漂亮女人不多，人们不得不碰到一个是一个。

“在这点上，我不同意您的观点，”哈威尔说，“我在这里就看见好几个绝对吸引人的女人。我要对您说一件事。外省人的趣味错误地把女人的一种表面的俊俏看作是美。此外，女人真正的性感美是有的。但是，当然啦，第一眼就看出那种美并不是一件容易事。这完全是一种艺术。”然后，他跟年轻人握别，走了。

8

记者失望了：他意识到自己是一个不可救药的蠢货，迷失在自己青春的无边荒漠中（是的，他认为是无边的）；意识到哈威尔大夫给他打了个坏分数；他觉得，没有任何怀疑的余地，他的女朋友无价值、无趣，也不美。当他重新坐到她旁边，他觉得咖啡馆里的所有顾客，以及两个来回忙活的侍者都知道他，并且带着一种恶意的怜悯看着他。他要了账单，并对女朋友解释他有件紧急的工作，只能同她分手了。她脸色阴沉，而他感到心揪得紧紧的：他完全知道，他将像一个真正的钓鱼人那样把她扔回水里，但他还继续在他内心最深处（真挚地并带着某种惭愧地）爱着她。

第二天没给记者阴郁的心情带来任何微光，但当他在疗养院前与伴着一位优雅夫人的哈威尔大夫相遇时，他屈从于一种近乎仇恨的羡慕：这是个魔鬼般美丽的女人，而哈威尔大夫的心情也是魔鬼般地灿烂，他一见到记者就快活地同他打招呼，以至年轻记者更觉得自己悲惨。

"我给你介绍一下疗养院刊物的主编，"哈威尔说，"他想方设法认识我只是为了能有机会见到你。"

当年轻人知道他站在曾在银幕上见到的女人面前时，他的窘迫就更厉害了；哈威尔一定要他陪着他们，而不知道说什么的记者开始解释他的采访计划，并给这个计划加了一个新主意：在他的杂志上刊登哈威尔夫人和大夫的双重采访。

“我亲爱的朋友，”哈威尔辩驳道，“多亏您，我们之间曾进行的谈话是愉快的，甚至是有趣的。但请告诉我，为什么一定要把这些刊登在面向肝病和十二指肠溃疡患者的杂志上呢？”

“我一下子就能想象出你们的谈话。”哈威尔夫人讽刺道。

“我们曾谈论女人。”哈威尔大夫说，“我认为先生是一个一流的合作者和健谈的人，我凄惨日子里的有见识的同伴。”

哈威尔夫人转向年轻人：“他不曾让您烦吗？”

记者因大夫把他称作有见识的同伴而高兴，他的羡慕中混进了感激。他最后说：确切地说是他曾让大夫烦；他实在太清楚他的无经验、他的缺乏趣味和他的毫无价值。

“啊，亲爱的，”女演员说，“你大概自吹自擂了一番！”

年轻记者为医生辩护道：“并非如此！您之所以这样说是因为，亲爱的夫人，您不知道一个小城市究竟意味着什么，我住的这块僻壤是什么。”

“可这是一座漂亮的城市。”女演员辩解道。

“是的，对您是这样，因为您在这儿时间很短。可我，我住在这儿，我还要继续住在这儿。总是我已经烂熟的这么一圈子人。

总是这些同样的人，他们想着同样的事情，而他们所想的无非是无聊和庸俗之事。我不管愿意与否，必须同他们和睦相处，以致我不知不觉渐渐与他们同流合污。多可怕啊！我竟会成为他们的一员！我竟会像他们一样鼠目寸光地看世界。”

记者热情高涨地谈着，女演员相信在他的话语中触到了青春永恒的叛逆气息；她被迷住了，她被震撼了，她说：“不，您决不能同流合污。决不能！”

“决不能。”年轻人同意，“大夫昨天为我打开了眼界。我应该不惜代价离开这地方的邪恶圈子。这个卑劣的、平庸的邪恶圈子。我必须离开它。”年轻人反复说道，“离开它。”

“我们曾说，”哈威尔大夫对他妻子解释说，“外省的平庸趣味成为美的一个虚假标准，这个标准基本上是非色情的，甚至是反色情的，而真正的魅力、色情的、爆炸性的，以他们的这种趣味根本觉察不到。我们周围有一些女人，她们可以让男人知道肉欲的最令人眩晕的奇遇，可是没人看到她们。”

“正是这样。”年轻人同意。

“没人看到她们，”医生重复说，“因为她们不符合这里的标准；事实上，色情魅力更多地由新颖而非端庄表现出来；更多地由表现性而非衡量，更多由非标准化而非平庸的俊俏表现出来。”

“是的。”年轻人同意。

“你认识弗朗蒂丝卡吧？”哈威尔问妻子。

"认识。"女演员回答。

"你知道我的许多朋友只为同她过上一夜，不惜放弃拥有的一切。我拿脑袋担保，这个城市里没人注意到她。告诉我，我的朋友，你们谁知道她吗，您注意到她是个不同凡响的女人吗？"

"没有，真的没有！"年轻人说，"我脑子里从来没把她看作一个女人。"

"这并不令我吃惊，"哈威尔大夫说，"您认为她既不够苗条，也不够饶舌。她没有足够多的雀斑！"

"正是这样，"年轻人可怜地说，"您昨天已经清楚地看到我是多蠢。"

"您是否偶尔注意到她的步态？"哈威尔接着说，"您是否注意到当她行走时，她的大腿在清清楚楚地说话？我的朋友，如果您听到这双大腿说的话，您会脸红的。然而，正像我所了解的您一样，您还算是可恶的色鬼。"

9

“你太喜欢嘲弄那些老实人了。”当他们单独在一起时，女演员对她的丈夫说。

“你知道，这是我心情好的一个迹象，”他说，“我发誓，我到这儿以后，这真是第一次。”

这次，哈威尔大夫没有撒谎；早晨，大客车进站时，他透过窗户看见坐着的妻子；然后，他看见她微笑地站在踏板上时，他感到幸福，由于前几天他根本就没碰过自己身上的欢乐的整个储备，他全天都有些疯狂地显示出他的高兴。他们双双地在拱廊下散步，他们大嚼圆圆的甜蜂窝饼，他们去弗朗蒂丝卡那儿听她儿子的最新话题，他们同记者进行了前一章描写的散步，他们嘲笑在疗养院的路上进行健身散步的那些疗养者。这时，哈威尔大夫注意到一些行人盯着女演员看；回头看时，他可以证实他们停下来在看他们。

“大家认出你了，”哈威尔说，“这儿的人吃饱了就不知道干什么，都酷爱往电影院跑。”

“这让你烦吗？”女演员问。她把自己职业的必不可少的广告视为一种罪孽，因为，就像所有爱真实爱情的人一样，她渴望安静和私密的爱情。

"正相反。"哈威尔说着，笑了。随后他们长时间地玩一个儿童般的游戏，试着猜哪些行人认出了她，哪些行人没有认出她来，并拿下一条街上认出她的人数打赌。而这些人，老先生、农民、孩子，还有几个在这个季节疗养的漂亮女人都回头了。

几天来生活在让人视而不见的丢脸状态中的哈威尔，现在非常高兴路人的关注，并渴望瞩目之光也尽可能多地落在他身上；他搂着女演员的腰，在她耳边低声说各种各样的甜言蜜语和淫言荡语；她也反过来紧紧依偎着他，抬起头向他投去活泼的目光。哈威尔，在这么多目光的注视下，觉得自己重新恢复了他失去的可见度，他模糊的面孔变得可感知和清晰，他重新为他的身体、他的步子、他整个人引起的欢乐而骄傲。

他们就这样，爱意绵绵地缠在一起，沿着主街旁的橱窗走，哈威尔在一家猎具商店看见昨天粗暴地对待他的金发女按摩师，她正在空荡荡的商店里和女售货员聊天，"来，"他突然对吃惊的妻子说，"你是我认识的最美妙的造物，我想送你一件礼物。"他拉着她的手把她拖进商店。

两个女人不说话了；女按摩师仔细地瞧着女演员，然后快速地瞥一眼哈威尔，然后又瞧女演员，又瞧哈威尔，哈威尔满意地瞟到了，但他看都不看她一眼，迅速浏览了陈列的商品，看见了鹿角、褡裢、卡宾枪、望远镜、手杖、嘴套。

“您想要点什么？”售货员问。

“等一等。”哈威尔说。他最后在玻璃柜台里看见了哨子，并用手指了指。售货员递给他一个。哈威尔把哨子放在嘴上，吹吹，然后又左右审视一番，又轻轻吹了一下。“很好，”他对售货员说，并把该付的五个克朗放在她眼前。他把哨子递给妻子。

女演员从这件礼物中看到丈夫身上她非常喜欢的一种孩子气的顽皮，一种滑稽举动，它那无意义的意义，她用一个多情的漂亮眼神向他致谢。而哈威尔觉得这还不够，就贴着她的耳朵低声说：“你就这样谢我这么漂亮的礼物？”女演员给了他一个吻。两个女人目不转睛地盯着他们，并一直看着他们离开商店。

然后他们在街上，在公园里继续散步，他们吃蜂窝饼，他们吹哨子，他们坐在一条长椅上打赌，以猜测多少行人回头为乐。晚上，他们走进餐馆时，险些撞在像一匹赛马的女人身上。她把吃惊的目光投向他们，长时间地投向女演员，然后快速地投向哈威尔，然后又投向女演员，当她再看哈威尔时，似乎很不情愿地同他打了声招呼。哈威尔也回了礼，并弯腰到妻子耳边，低声问她是否爱他。女演员爱意绵绵地看着他，抚摩了一下他的脸。

随后，他们在一张桌子前坐下，吃了一顿清淡的晚餐（因为女演员严格监控丈夫的饮食），喝了红葡萄酒（哈威尔大夫惟一有权喝的酒）。哈威尔夫人有了片刻的感动。她向丈夫探过身子，拉着他的手对他说，今天是她经历过的最美好的日子之一；她承认在他要来疗养时她感到非常悲伤；她又一次请他原谅她给他写了一封嫉妒女人的蠢信，并感谢他给她打电话约她来相会；她说任何时候她都高兴来相会，哪怕只能见上一分钟；然后她详细解释说，和哈威尔一起的生活对她而言是一种折磨，是一种无时无刻的不踏实，犹如哈威尔一直在准备逃脱她，正是这个原因，每一天对她而言都是一个新生的喜悦，是爱情的一个新的重新开始，一个新的馈赠。

然后，他们一起回到哈威尔大夫的房间，而女演员的喜悦即刻就达到顶峰。

10

又过了两天，哈威尔大夫去做他的水疗，他再次迟到，因为说实在的，他从来就没准时过。还是那个金发女按摩师接待他，但是这次，她没有向他板起一副严厉的脸，相反，她对他微微一笑而且称他为大夫，哈威尔由此断定她已经去疗养院办公室查阅了他的病例，或者她已经知道了他的情况。他得意地注意到这份关怀，并去更衣室的隔板后面脱衣服。当女按摩师告诉他浴缸的水已经满了时，他骄傲地腆起肚子，快乐地躺进浴缸。

女按摩师在控制板上转动阀门，并问哈威尔他的太太是否总和他在一起。哈威尔说不，而女按摩师问他，人们是否很快就能在某个新片子中再次看到他的妻子，哈威尔说是。女按摩师就帮他抬起右腿。由于水流让他的脚板痒痒，女按摩师便微微一笑，并说大夫的身体似乎非常敏感。然后，他们继续闲聊，而哈威尔流露出这里的生活实在乏味。女按摩师意味深长地一笑，说大夫肯定能安排好以使自己不感乏味。当她俯身向前，用水管给他做胸部按摩时，哈威尔从他所处的位置清楚地看到了她乳房的上部并对它大加赞美，女按摩师回答说大夫肯定见过更漂亮的。

从这些话，哈威尔得出结论：他妻子的短暂来访使他在这个强健可爱的姑娘眼中完全改变了形象，他一下子就获得魅力，而且还有：他的身体对她而言成了秘密地与一个著名女演员联系到一起的机会，变成让所有人回头的一位名人的等同物。哈威尔明白，一下子，一切都向它大开绿灯，一切都预先默许给了他。

只是，在生活中经常发生这种事！当我们满意时，我们心甘情愿并骄傲地拒绝提供给我们的机会，以证实我们十分幸福的心满意足。只需年轻的金发女人放弃她的污辱人的傲慢，有温柔的声音和卑微的眼神，哈威尔大夫就没什么再渴望的了。

随后，他应该转身趴下，下巴露在水外，让强力水流从头淋到脚。这种姿势让他觉得像是宗教上表示谦卑和感恩而匍匐在地一样：他想到妻子，他想到她多么漂亮，他多么爱她，她多么爱他，她是他的幸运之星，让他赢得机遇和强健姑娘们的宠爱。

按摩结束，他起身走出浴缸时，皮肤湿淋淋的女按摩师在他看来似乎是那么圣洁、那么可人的一位美女，而她的目光又是那样的卑微顺从，以至他想朝着他所想象的远方妻子所在的方向鞠躬致谢。因为他觉得女按摩师的身体站在女演员的巨手上，而这只手把她给他递过来，就像一个爱的讯息，就像一个赠与。他脑海里浮现一个念头，拒绝这个赠与，拒绝这番温柔的殷勤就是侮辱他的妻子。他对一身汗水的女按摩师微笑，并说他已经把今晚留给了她，七点钟时，他在餐叉餐厅等她。年轻姑娘接受了，而哈威尔大夫给自己裹上了一条大浴巾。

在他穿上衣服，梳好头发时，他觉察到他的心情出奇的好。他想聊天，就去了弗朗蒂丝卡那儿。对她而言这次来访正是时候，因为她也一样，也处在极好的心情中。她什么都谈，也什么都没谈，东一榔头西一棒子，可总是回到他们上次见面时曾触及的那个主题：她的年龄；在一些含糊不清的话中，她试图暗示在岁数面前不应该投降，岁数并非总是不利因素，她还说，突然发现人们可以平心静气，可以对等地同年轻人谈话是绝对不可思议的一种感觉。“孩子们不是一切，”她直截了当地说，“你知道我多么爱我的孩子们，但是生活中还有其他事。”

弗朗蒂丝卡的反思没有一刻超出一个模糊概念的范畴，对任何不知内情的人，这可能只是一通一般的闲聊。只是，哈威尔知道内情，他也猜到了闲聊后面隐藏的内容。哈威尔总结道，他自己的好心情不过是一串好心情中的一环，因为他有慷慨之心，他的好心情也翻了番。

11

是的，哈威尔大夫判断准确：记者在他的大师赞扬女大夫的当天就去了她家。几句话后，他露出惊人的勇气，对女大夫说他喜欢她，他想见到她。女大夫用胆怯的声音说她比他大，她已经有了几个孩子。对这个回答，记者感到他的自信心增强了，他毫不费力地找到要说的话：他断言女大夫具有比平庸的俊俏更加珍贵的一种神秘的美，他赞扬她的步态并说她走动时她的大腿在说话。

两天之后，正当哈威尔大夫平静地来到餐叉餐厅，从远处看见年轻而又强健的金发姑娘的那一刻，记者正焦急地在他自己那狭小的阁楼里走来走去：他差不多成功在即，只是更怕差错或者意外把胜利从他这里窃走；他不时打开房门，朝楼梯井下张望，终于，他看见了她。

女大夫精心的着装和仔细的梳妆，几乎让人忘记了这个女人穿着白衣、白裤的熟悉外表；激动中，年轻人自忖，直到那时他才仅仅预感到的弗朗蒂丝卡的色情魅力就展现在他面前，近乎无耻地暴露出来，他感觉到由尊敬而生的羞怯；为了克服这羞怯，他甚至没有关上门就把女大夫搂到怀里，并疯狂地拥吻。她被这种突如其来的举动吓坏了，请求他让她坐下。他同意了，但立刻坐在她脚下并隔着长筒袜亲吻她的膝盖。她把手伸进他的头发，试图轻轻推开他。

来听听她是怎么对他说的：首先，她重复了多次："您一定要理智，您一定要理智，请答应我要理智。"年轻人一边说，"是的，是的，我会理智的，"一边在粗糙的尼龙袜子上向上移动嘴唇，她又说，"不，不，别这样。不，不。"而当他的嘴唇移到更高处时，她突然用"你"称呼他，并断言，"啊，你疯了，啊，你疯了！"

这一断言决定了一切。年轻人不再遇到任何抵抗。他心醉神迷；对他自己，对他取胜的速度心醉神迷，对哈威尔大夫心醉神迷，大夫的才华和他在一起，并浸透了他的身心，对躺在他身子底下交欢中的女人的裸体心醉神迷。他想做一个大师，他想做一个高手，他想表现他的性感和他的欲壑难填。他轻轻起身，以便用贪婪的目光端详女大夫躺着的身体，并低声说："你真美，你美极了，你美极了……"

女大夫双手捂住肚子说："我不许你嘲笑我……"

"你怎么那样说！难道我是在嘲笑你！你真的美极了！"

"别看我，"她说，同时为了不让他看到她而紧紧搂住他，"我有两个孩子，你知道吗？"

"两个孩子？"年轻人不明白地问。

“这可以看出来。我不愿意你看我。”

这句提醒让年轻人最初的强烈欲望有些降温，他勉强恢复了适当的兴奋度；为了达到更高状态，他想用话语维持那流逝的迷醉，在女大夫耳边低声说，她赤身裸体，完全赤身裸体，完全赤身裸体地和他在一起真是太好了。

“你真可爱，你太可爱了。”女大夫对他说。

年轻人继续谈着女大夫的裸体，并问她，她这样赤身裸体地和他在一起是否也刺激她。

“你真是个孩子，”女大夫说，“这当然刺激我。”但在片刻的沉默后，她说，很多医生看过她的裸体，以至这显得司空见惯了。“看过我裸体的医生多于情人，”她一边做爱，一边开始讲述她的难产，“但这是值得的，”作为结束，她说，“我有两个漂亮的孩子，漂亮极了，漂亮极了！”

又一次，好不容易取得的兴奋离记者而去，他突然感到，这就像是在咖啡馆里，面对一杯茶在同女大夫聊天；他被此激怒了，他的动作变得火爆，想用更多淫荡的评论引起她的兴趣：“我上一次去你那儿，你知道我们将要做爱吗？”

“你呢？”

“我想了，”记者说，“我非常想，”他在“想”字上灌注了巨大的热情。

“你就像我儿子，”女大夫在他耳边说，“他也是，他想拥有一切。我总是问他：你难道不想要一块会喷水的手表吗？”

他们就是这样做爱的，女大夫说着话，并渴望他们的对话。

随后，他们赤裸、无力地并排坐在沙发上时，女大夫把手伸进记者的头发，“你有和他一样的一蓬头发。”

“谁？”

“我儿子。”

“你无时不在说你儿子。”记者隐隐带着责怪指出。

“你知道，”女大夫骄傲地说，“这是他妈妈的宝贝，他妈妈的宝贝。”

然后她起身，穿衣服。突然，在年轻人的这间小屋里，她感觉自己是一个年轻人，一个年轻女人，并且感觉美妙无比。离开时，她拥抱了记者，含泪的眼里有一种感激。

12

对哈威尔大夫来说，在美妙的一个夜晚后，美妙的一天开始了。早餐时，他同像一匹赛马一样的高大女人交换了几句大有希望的话，而十点钟，当他做完治疗回来，妻子的一封充满爱情的信正在房间里等他。然后，他在拱廊下和疗养的人们一起散步；他把装满矿泉水的平底大口杯举到嘴边，身上洋溢着惬意。几天前从他身边走过时看都不看他的这些女人都凝视他，他则微微点头向她们示意。当他看见记者时，就高兴地迎向前和他攀谈:“我刚去过女大夫那里，根据一些逃不过一个出色心理学家眼睛的迹象，我觉得您已经得手了！”

年轻人最珍贵的愿望莫过于向大师吐露隐情，但是头天晚上之事的进展方式给他留下一些困惑；他不能肯定，那一晚是否同它应该的样子一样迷人；他不知道详实的汇报在哈威尔大夫的眼中是会提高还是会降低他的声誉，他在考虑应该向医生供认或者隐匿的东西。

但是，当他看见哈威尔的脸，洋溢着无耻和欢乐，他只能以同样无耻和欢乐的口气回答他，热情赞扬哈威尔大夫向他推荐的女人。他说，当他开始用不同于外省人的眼光看女大夫时，他立即就被她迷住了，他讲述了她很快同意去他家，异常迅速地献出自己的身体。

当哈威尔大夫为了从各种细微处分析这件事，开始向他提出具体而详细的问题时，年轻人不管心中愿意与否，回答越来越接近真实，并最终承认如果说各方面都完满的话，那么，女大夫在做爱中同他说的那些话却让他有些不知所措。

哈威尔大夫非常感兴趣，当记者在他的一再催问下详细复述了对话后，他激动地欢呼起来，一字一顿地说："好极了！完美无缺！""啊，母亲的这颗不朽之心！"还有："我羡慕您，我的朋友！"

这时，像一匹赛马的女人神气活现地来到了两个男人面前。哈威尔大夫鞠躬致意，高大女人向他伸出一只手。"请原谅，"她说，"我稍微晚了一点儿！"

"没关系，"哈威尔大夫说，"我和朋友有一场非常有意思的讨论。请您稍等片刻，我希望结束这次谈话。"

他没有松开高大女人的手，就转向记者说："亲爱的朋友，您刚才所说的超出了我的所有预期。因为一定要懂得，沉湎于缄默中的肉欲嬉戏带有一种乏味的单调，一个女人在快感中模仿另一个女人，而所有女人在快感中被遗忘在所有女人中。可是，我们之所以投身于爱欲的快乐，就是为了记住它们。为了让它们的光点用一条绚丽的飘带把我们的青春和我们的年龄连接在一起。为了在永不熄灭的情火中保持我们的回忆！要知道，我的朋友，只有在这一情景中，在这最最平庸的情景中说出的话，才可以让一道光照亮这一刻，并让这一刻永远不会被忘记。人家说我是个女人收集者。事实上，更确切地说我是个话语收集者。相信我，你永远不会忘记这一夜，并将终生感受到这一夜的幸福！”

然后他点头同年轻人告别，拉着像一匹赛马的高大女人的手，同她一起沿着拱廊慢慢远去。

VII

爱德华与上帝

1

让我们从爱德华的哥哥那乡村小房子里开始讲爱德华的故事。他哥哥躺在沙发上对爱德华说:“你可以去找这个娘们，没什么可担心的。没错，她是个婊子。但我相信，即使那种人也有良心。正因为她对我使过一次坏，她现在或许也乐得帮你一把来补偿她的错误。”

爱德华的哥哥始终就是这样：一个老实人，也是一个懒汉。或许他在大学生宿舍的阁楼里就是这样赖在沙发上，那已是不少年前的事了(爱德华那时还是个小淘气)，斯大林死的那天他一直在家闲待着，睡大觉；次日他去学院什么都没觉察，他发现他的一个女同学，塞查科娃同志，故作庄重地待在大厅中央，就像悲哀的雕像。他围着年轻姑娘转了三圈，在狂笑中离去。年轻姑娘自尊心受了伤害，把这一笑归结为政治挑衅，于是爱德华的哥哥不得不放弃学业，到一个村子里去劳动；现在他在这个村子里有了一处房子、一条狗、一个妻子、两个孩子，甚至还有一幢度周末的木屋。

现在，他躺在这处乡下房子里的沙发上，对爱德华解释说:

“人们称她为工人阶级的复仇之臂。你不必因此被她吓着。她如今是个成熟的女人，也一向偏爱年轻人；所以她会帮助你的。”

爱德华那时非常年轻。他刚刚在学院（开除他哥哥的那所学院）完成学业，正在寻找一份工作。遵照哥哥的建议，次日他去敲女校长办公室的门。他发现这是一个头发乌黑油腻，瘦骨嶙峋的高大女人，黑眼睛，唇上的汗毛很重。这一丑陋省却了他年轻时面对女性的美丽总是感到的紧张，因此，他可以带着完全适度的优雅和风流同女校长无拘束地谈话，女校长显然喜欢这样的语气，她多次带着显见的赞赏断言：“我们这儿需要年轻人。”她答应支持爱德华的申请人资格。

2

于是爱德华成为波希米亚一座小城里的小学教师。他对此既不遗憾也不庆幸。他总是力求把严肃和非严肃区分开，并把他的小学教师生涯划在非严肃的范畴。并不是教书职业本身缺乏重要性（何况他很看重这一职业，因为他不能靠其他手段谋生），而是因为他认为与他自己的本质相比这职业是微不足道的。他没有选择该职业。是社会需求、领导机关的评价、中学的证明、竞争考试的结果把它强加给了他。当年他也是被这些力量共同的作用力从中学抛进大学（就像一台起重机把一个口袋抛进一辆卡车里）。他违心地在那儿注册（哥哥的失败是个不祥之兆），但他最终屈从了。他从中意识到他的职业是他人生中偶然性的一部分。就像引人发笑的假胡子粘在他的皮肤上。

但如果一件不得不做的事是一件非严肃的（引人发笑的）事，那么严肃或许就是可自行决定的：在他新的住所，爱德华很快遇到了他认为很美丽的一位年轻姑娘，他以近乎真挚的严肃把自己全部交给了她。姑娘叫阿丽丝，从他们最初的约会起，他就可以十分悲伤地相信，她是矜持和贞洁的。

在他们黄昏散步时，他多次尝试搂住她的肩膀，用手背轻拂她的右乳边缘，可每次，她都抓住并推开他的手。一天晚上，他又一次重复这种尝试，而她也又一次地推开他的手，她停住脚步说:“你相信上帝吗？”

爱德华灵敏的耳朵从这一询问中听出一种隐隐的恳求，他立即就忘了乳房。

“你信上帝吗？”阿丽丝又问，而爱德华不敢回答。我们不要责怪他没勇气坦诚回答这个问题。他在这座小城是个新来的人，感到备受冷落，并且他太喜欢阿丽丝了，以致不能冒险用惟一的和简单的回答失去其好感。

“那么你呢？”为了赢得时间，他问。

“我，相信。”阿丽丝回答，并再次追问让他回答。

直到此时，他从未有过相信上帝的念头。但是，他知道不能承认这点，恰恰相反，他应该抓住机会，用他的许诺打造一匹漂亮的木马，他可以学古人藏在木马腹中，然后悄悄溜进年轻姑娘的心。只是，爱德华无法做到简单地对阿丽丝说，是的，我信上帝；他不是厚颜无耻的人，也羞于说谎；谎言的赤裸裸的直截了当令他反感；如果谎言是必需的，至少他想在其中保持与事实最大的相似。于是他以一种深思至极的声音回答：

“我还不知道，阿丽丝，怎么回答这个我必须答复你的问题。当然，我相信上帝，可是……”他顿住了，而阿丽丝抬起吃惊的眼睛，“但我希望对你完全坦诚，我可以对你完全坦诚吗？”

“应该这样，”阿丽丝说，“没有这点，我们根本无需在一起。”

“真的？”

“真的。”阿丽丝说。

“我有时怀疑，”爱德华结结巴巴地说，“有时我琢磨他是否真的存在。”

“可是你怎么能怀疑呢？”阿丽丝说，而且几乎是在喊。

爱德华住嘴了，稍许思考后，他想到通常的论据：“当看到我周围这么多的不幸，我常想，一个允许这一切的上帝是否可能存在。”

他说话的声音非常悲伤，以至阿丽丝紧紧地抓住他的手，“是的，没错，人间有许多不幸，这是事实，但是正因为这样才应该相信上帝。没有他，这全部痛苦就是徒劳，什么都没有了意义。而在这种情况下我就不能继续活下去了。”

“你可能有道理。”爱德华说，看起来像是陷入冥想。星期天他就陪她去了教堂。他在圣水缸里沾湿手指，画了十字。然后是弥撒，人们唱圣歌。他和其他人一起唱一首宗教歌曲，他模糊记着其旋律，但是忘了歌词。于是，他决定用不同的元音代替歌词，并在每个音符上都错后半拍，因为他不清楚旋律是否正确。然而，一发现他唱得正确，他就陶醉到让他的声音发挥作用的乐趣中，因为，他有生以来第一次发现自己的低音非常漂亮。然后，人们背诵主祷文，几个老太太跪下了。他抵制不住诱惑也在石板上跪下了。他用不规范的动作画了十字，而此时，一想到他可以做有生以来从未做过的，既不能在班上，也不能在街上，在其他地方都不能做的一件事，他就体会到一种不可思议的感觉。他感到不可思议地自由。

结束时，阿丽丝用灼热的眼神看着他说："你还能怀疑他的存在吗？"

"不。"爱德华说。

阿丽丝说："我想教给你像我爱他那样爱他。"

他们在教堂前宽宽的石阶上手拉着手，他的心灵充满欢笑。遗憾的是，正在这时，女校长从附近经过并看到了他们。

3

这是不合时宜的。我应该提请（那些有可能忽略历史背景的人们）注意，在当时，教堂不是禁地，但是时常出入教堂也并非没有危险。

这并非那么难以理解。曾为他们称之为革命之举而斗争的那些人，保留着一件十分骄傲的事，站在阵线正确一方的骄傲。十一二年之后（我们的故事大约发生在这个时期），阵线以及和它一起的正确方和错误方开始消失。因此昔日的革命者感到失落并急于寻求替换的阵线也就不让人吃惊了。多亏宗教，他们可以（在他们反对信徒的无神论者角色中）再次站在正确的一方，以使他们那习惯的和珍贵的优越感完整无损。

但说实话，这个阵线的替换对其他人而言也是一个意外的收获，阿丽丝就是其中之一，现在透露这一点恐怕并不为期过早。正如女校长希望处在正确一方，阿丽丝希望处在对立一方。她爸爸的商店在所谓革命的日子里被国有化了，而阿丽丝反对对爸爸搞这一套的那些人。但是她如何表现她的仇恨呢？让她拿起刀子去为父亲报仇？这在波希米亚行不通。阿丽丝有表现她反抗的一种更好方法：她开始信仰上帝。

善良的上帝就这样拯救双方，也多亏他，爱德华受到了左右夹击。

星期一早晨，当女校长到教师办公室找到爱德华时，他感觉极其不自在。事实上，他不能求助他们当初第一次见面的友好气氛，因为，从那天以来（因为幼稚或者疏忽），他就从来没有叙说过他们风流的对话。女校长于是可以带着露骨的冷笑问他：

“我们昨天碰上了，是不是？”

“是的，我们碰上了。”爱德华说。

“我不明白，一个年轻人怎么可以去教堂？”女校长接着说。爱德华看起来有些窘迫地耸耸肩，而女校长摇着头说：“一个年轻人啊。”

“我去参观教堂内的巴罗克艺术。”爱德华抱歉地说。

“啊，是这样！”女校长讽刺地说，“我还不知道您对建筑艺术感兴趣。”

爱德华完全不喜欢这样的对话。他想起哥哥围着女同学绕了三圈后狂笑着离去。家族的厄运似乎在重演，他害怕了。星期六他给阿丽丝打电话道歉，说因为感冒，他不去教堂了。

当他们下一个星期里见面时，阿丽丝责备他说：“你太软弱了。”而爱德华觉得年轻姑娘的话缺少同情心。他开始对她讲（令人迷惑地和含糊地，因为他羞于承认他的恐惧及其真正原因），人们在学校跟他过不去，可怕的女校长无缘无故地迫害他。他想唤醒阿丽丝的同情心，但是，她对他说：

“我嘛，我的女老板很帅。”她开始嘻嘻哈哈地唠叨起她工作中的闲话，爱德华听着她愉快的喋喋不休，越来越忧郁。

4

女士们，先生们，这是精神备受磨难的几个星期！爱德华酷烈地渴望阿丽丝。她的身体刺激他，而这身体又完全接触不到。痛苦还因为他约会的环境：他们在那些黑乎乎的街道漫步一两个小时，或者去电影院：这老两样（没有其他的了）的单调和毫无性的可能性促使爱德华想，如果能在另一种环境下同她约会，他可能会取得对阿丽丝的更明显的成功。他一脸憨厚地建议她同他一起去乡下他哥哥家度周末，哥哥在林木茂密的水边有一幢木屋。他热情地给她描述大自然纯洁的魅力，但阿丽丝（她在其他方面一贯是天真和轻信的）明白他去那儿想干什么，并断然拒绝。因为抗拒他的不仅是阿丽丝，还有（永远谨慎和警觉的）阿丽丝的上帝。

这个上帝从惟一的理念（他没有其他欲望，没有其他观念）汲取其要旨：禁止私通。这可以说是一个滑稽的上帝，但是我们不要因此而嘲笑阿丽丝。摩西传授给人类的十诫中，九条对她的心灵来说均毫无危险，因为阿丽丝既不想杀人，也没有不孝敬父亲，也不觊觎邻人的配偶；让她不安并构成一种真正挑战的惟一一条戒律：是第七诫，著名的汝不得通奸。为了实现、表明和证明她的宗教信仰，她必须充分警惕的正是这条戒律，也仅只是这条戒律。就这样她把一个空泛、弥漫和抽象的上帝，变成了一个十分确切、清晰和具体的上帝：反通奸的上帝。

那我就要问问您了，确切地讲，通奸始于何处？每个女人都会根据完全神秘的一些标准界定这条线。阿丽丝很愿意爱德华拥抱她，经过他那边无数次的尝试，她最终也允许他抚摩乳房，但在她身体的正中央，她划了一条不可逾越的和精确的线，横亘在这条线以下的是有神圣禁令、摩西的不妥协和圣怒的疆域。

爱德华开始阅读圣经并研究神学著作，他决定用阿丽丝的武器对付阿丽丝。

“我的小阿丽丝，”他说，“对热爱上帝的人而言，没有任何东西是受禁的。当我们渴望一件事，我们是受上帝之恩渴望那件事。基督只希冀一件事，就是我们受爱的指引。”

“也许吧，”阿丽丝说，“但不是你想的那种爱。”

“只有一种爱。”爱德华说。

“你就对这感兴趣，嗯？”阿丽丝说，“只是，上帝制定了一些戒律，而我们必须遵守。”

“是的，那是《旧约》的上帝，”爱德华说，“但不是基督徒的上帝。”

“你说什么？上帝只有一个。”阿丽丝反驳道。

“是一个上帝，”爱德华说，“只是《旧约》的犹太人心中的上帝与我们心中的上帝并不完全一样。在基督降生之前，人首先要遵守神的法律和戒律体系，而他心中所想之事并不怎么算数。但是，基督把所有这些禁令和指令看作是某种身外之物。在他看来，最重要是内心深处原本样子的人。人从开始遵循他那虔诚和信仰的本质的冲动那一刻开始，他所做的事就是好事和上帝喜欢的事。所以圣保罗说：纯洁之人事事纯洁。”

“前提是纯洁。”阿丽丝说。

“而圣奥古斯丁说：‘爱上帝，做你想做之事。’你明白吗，阿丽丝？爱上帝，做你想做之事。”爱德华接着说。

“只是，你想做的不是我想做的。”阿丽丝回答。爱德华知道，这一次，他的理论反击彻底失败了，因此他说：

“你不爱我。”

“我爱你，”阿丽丝极为干脆地说，“正因为这样，我才不愿意我们做我们不该做的事情。”

就像我所说的，这是精神上备受磨难的几个星期。使这种折磨变得更强烈的是，爱德华对阿丽丝的渴望还不仅仅是一个身体对另一个身体的渴望；相反，这个身体越拒绝他，他越是悲伤和怀旧，他也就越渴望年轻姑娘的心。但是，无论是阿丽丝的身体还是心，都对爱德华的忧伤不感兴趣，这两方面都是相似的冷漠，相似的自我封闭，相似的自我满足。

阿丽丝身上最让爱德华恼火的，是她那不可动摇的分寸。尽管他自己算得上是个冷静的年轻人，他也开始想象让阿丽丝摆脱这分寸的极端行动。因为，用偏激的亵神的话和过分的玩世不恭（他的本性推动他采取这样的行动）挑衅这种分寸，似乎有些过于冒险，他应该选择相反的偏激（因此也困难得多），这些偏激尽管出自阿丽丝的态度自身，但它们使这种态度达到极端，以至她将羞于她的不冷不热的矜持。换句话说：爱德华装出一种过分的虔诚。他不错过任何去教堂的机会（他对阿丽丝的欲望强于对无聊的恐惧），而且，他的行为举止卑微到怪诞的地步。一点点借口他也下跪，而阿丽丝却害怕袜子抽丝，只是站在他的身边祈祷和画十字。

一天，他责备她对信仰的不冷不热。他让她回忆基督的话："口口声声称我为主的人不能都进天国。"他说她的信仰是形式上的、外表的、脆弱的。他责备她舒适的生活。他责备她太自我满足。他责备她除了自己以外看不到周围的任何事。

说话间（阿丽丝没想到这次攻击，无力地抵抗着），他看见一个耶稣受难十字架，一个很旧的铜十字架，上面有生了锈的白铁皮基督，立在街道中央。他猛然甩开阿丽丝的胳膊，站住（为了抗议年轻姑娘的无所谓，并且标示他新一轮进攻的开始），大肆炫耀地画了十字，但是，他已经无法看到这一举动对阿丽丝产生的效果了：因为恰在此时，他发现学校的女门房在马路对面的便道上。她看着他。爱德华明白他输了。

5

他的担心被证实了，第三天，女门房在走廊里叫住他并高声地、清楚地向他宣布，他必须于次日中午去女校长办公室："我们需要和你谈谈，同志。"

爱德华不安了。晚上，他去和阿丽丝约会，像平常一样，同她一起在街上闲逛，但是他已经放弃了那份宗教热忱。他被打垮了，他想告诉阿丽丝发生的事，可是没有勇气，因为他知道，为了保住他不喜欢的（却是必需的）职业，他会毫不犹豫地背叛上帝。于是，他只字未提灾难性的传唤，因此也不能期盼任何安慰的话。次日，他全然孤立无援地进了女校长的办公室。

四个判官在房间里等他：女校长、女门房、爱德华的一个同事（小个子，戴眼镜）和他不认识的一位先生（花白头发），他们称他为督察员同志。女校长请爱德华坐下，然后对他说，他们叫他来是要进行一次完全友好和亲切的谈话，因为所有同志都极其担心爱德华在校外的行为举止。说到这儿，她看看督察员，督察员点头表示同意；然后她转向眼镜教师，他一直就专注地看着女校长，一看到她的目光，就开始了长篇发言。他说我们要教育健康的没有偏见的年轻一代，说我们对年轻一代负有完全的责任，因为我们（教师），我们给他们做表率；所以我们不能容忍我们中间出现教士；他详细地展开这个观点，最后宣称，爱德华的行为对全校是一个丑闻。

几分钟前，爱德华决定要抛弃新近承认的那位上帝，并把去教堂和当众画十字只当是个恶作剧。但此刻，看到面前的形势，他觉得他不能承认真相，总之，他不能对这四个如此严肃、激昂的人说他们热衷的是一个误会、一件傻事。他知道，那样说的话，不管怎么，只能是嘲笑他们的严肃；他知道这些人就等着他的托词和道歉，并且已经准备好对此进行驳斥。他知道（一下子就知道了，因为他没有思考的时间），此时对他最重要的，就是要延续这样的事实，更确切地说，要延续他给这些人造成的既成印象，如果他想在某种程度上纠正这种印象，他就要在某种程度上承认这种印象。

"同志们，我可以坦诚相告吗？"他说。

"当然，"女校长说，"您在这儿就是要这样做的。"

"你们不责怪我吗？"

"请您怎么想就怎么说。"女校长说。

"那我就全招了吧，"爱德华说，"我真的相信上帝。"

他抬起眼睛看着这些判官，可以看出他们似乎都如释重负；只有女门房对他喊起来："今天，同志，在我们这个时代？"

爱德华接着说:“我就知道如果我说真话你们会发火。但是我不会撒谎。请不要让我对你们撒谎。”

女校长(和气地)对他说:“没人让您撒谎。您讲真话是对的。但是我希望您能对我解释一下，像您这样的一个年轻人怎么可能相信上帝!”

“今天，当我们把火箭发射到月球的时候。”非常激动的教师补充说。

“我无能为力,”爱德华说,“我不愿相信上帝。真的。我不愿意。”

“这是怎么回事，既然您信，您又不愿意!”灰白头发的先生插话说(口气十分友好)。

爱德华低声重复他的供词:“我不愿相信，但我相信。”

眼镜教师笑了:“但是这里有矛盾啊!”

“同志们，我对大家照实说了,”爱德华说,“我完全知道，信仰上帝会让我们脱离现实。如果所有人相信世界由上帝主宰，社会主义会变成什么样?大家什么都不干，人人都靠上帝。”

“非常正确。”女校长同意。

“从来没有人证明过上帝的存在。”眼镜教师称。

爱德华接着说:“人类历史和其史前史的差别，即在于人掌握了自己的命运而不再需要上帝。”

“相信上帝导致宿命论。”女校长说。

“相信上帝是中世纪的残余。”爱德华说。随后女校长又说了一些话，然后教师说，然后爱德华说，然后督察员说，所有这些看法和谐地相互补充，以至于最后眼镜教师不再继续这个话题，并打断了爱德华的话：

“那么，您既然知道这些，为什么还在街上画十字呢？”

爱德华无限忧伤地看着他说:“因为我相信上帝。”

“可这里有矛盾啊。”眼镜教师幸灾乐祸地重复道。

“是的，”爱德华说，“认识和信仰之间有矛盾。我意识到信仰上帝导致蒙昧，我意识到上帝最好还是不存在。但是我怎么办呢？在这儿，在我心里，”——说到这里，他用手指着心窝——“我感到他的存在。同志们，请大家理解我！我对大家照实说了，我最好还是对大家说真话，我不想做一个伪君子，我希望大家了解原本的我。”说着他低下了头。

教师目光短浅，他不明白，即使是最严厉的革命者，也把暴力看作是一种不得已的恶事，而革命的好处就在于再教育。他本人，一夜之间就皈依了革命的信条，他没怎么得到女校长的尊重，他没有料到，此刻，爱德华刚开始受到这些判官的控制，作为一个困难的但可塑的再教育对象，比他的价值高出千百倍。因为他根本不懂这些，他现在尽情地对爱德华发起猛烈攻击，宣称像他这种不能放弃中世纪信仰的人是一个中世纪的人，在新学校中没有他的位置。

女校长让他说完，并提请他遵守秩序："我不喜欢置人于死地。这位同志是真诚的，并对我们说了实情。这一点是我们应该考虑的。" 然后，她转向爱德华："同志们认为一个教士不能教育我们的年轻一代这话无疑是正确的。那么，谈谈您打算怎么办吧。"

"我不知道，同志们，" 爱德华看起来很痛苦地说。

"我这样看，" 督察员说。"新与旧的斗争不仅发生在阶级之间，也发生在每个人身上。我们在这位同志身上看到的正是这种较量。他明白，但是他的敏感拖了他的后腿。我们应该帮助这位同志恢复理智。"

女校长表示同意，然后说："很好。我亲自来负责处理他。"

6

爱德华就这样成功避开了眼前的危机；对于女校长一手操纵他的教师生涯，他总体上是满意的：他想起了哥哥的评价，哥哥对他说女校长一向偏爱年轻人，加上青年人的自信心的波动（今日还过分自信，明日就被怀疑摧毁了），他决定要作为男人，获取女君主的宠爱，胜利地经受考验。

几天后，当他如约走进女校长的办公室时，他试图采用无拘无束的口气，不失时机地在对话中掺入一段亲密的评语或者巧妙的恭维，或者以一种谨慎的暧昧强调他地位的特殊性：一个任凭女人摆布的男人的地位。但是，实际情况不允许他来选择谈话口气。女校长亲切但万分持重地和他谈话；她问爱德华读什么书，也提出几本书的名字推荐他读，因为她显然希望着手进行针对他思想的一项长期工作。最后，她邀请爱德华去她家。

这种持重已经制服了爱德华美丽的自信，他低头溜进女校长的公寓，想利用自己的男性魅力征服她的念头一丝也没有了。女校长让爱德华坐在扶手椅上，开始了非常友好的谈话；她问爱德华喝点儿什么，也许来点儿咖啡？他说不。那么来一杯有点度数的？他感到拘束，就说："如果您有白兰地的话。"他立刻害怕说了失礼的话。但是女校长亲切地说："没有，我没有白兰地，我只有一些葡萄酒……"她拿来半瓶葡萄酒，里面的酒刚好够两杯。

然后她说爱德华不要把她当作宗教裁判所的法官；每个人，不言而喻，都有权有自己认为正当的信仰；人们当然可以考虑（她立即补充道）这样的一个人能否待在教育工作岗位上；所以他们认为不得不传唤爱德华（尽管心里不愿意），和他讨论，而他们非常满意（至少，她本人和督察员）他真诚地同他们谈了，一点没有试图否认。她已经同督察员谈了很长时间爱德华的情况，他们决定六个月后再找他进行一次谈话；在此期间，女校长必须利用她的影响帮助爱德华转变。她再次强调她所给予的只能是一种友好的帮助，她既不是宗教裁判所的法官，也不是警察。她随后说到曾经严厉抨击爱德华的那个教师，她说："他自己也有烦恼，他就喜欢让别人陷入困境。女门房也在到处宣扬您的桀骜不驯，说您固执己见。她认为应该把您赶出学校，没有办法让她改变看法。显然，我不同意她的观点，但是，从另一个方面，必须理解她。我也同样，我不大喜欢把我的孩子们交给一个在街上公开画十字的教师。"

就这样，女校长用滔滔不绝的话，一会儿极尽宽容之能吸引他，一会儿极尽严厉之能威胁他。随后，为了表明他们的会面确实是一次友好的会面，她转换了话题：她谈起了书，把爱德华领到书柜前，详尽论述罗曼·罗兰的《欣悦的灵魂》，并生气爱德华竟没有读过。然后她问爱德华是否喜欢学校，在得到一个例行的答复后，她开始滔滔不绝地谈起来。她说她为她的职业而感谢命运，她喜欢她在学校里的工作，因为，在教育孩子的同时，她和未来保持着有形和无时不在的联系，只有未来可以最终评判我们周围大量存在的痛苦。（“是的，”他说，“必须承认。”）“如果不是考虑到我在为某些比我自己的生活更伟大的事情活着，我可能就活不下去了。”

说到这儿，她一下子变得非常真诚，可爱德华不清楚她是要藉此忏悔，还是要开始一种关乎人生意义的意识形态的论战；他更希望在这些话中听到有关私人的影射。于是，他压低声音，谨慎地问：

“可您的生活，生活本身？”

“我的生活？”女校长重复道。

“是的，您的生活。您不满意吗？”

女校长的脸上现出一丝苦笑，爱德华几乎怜悯她了。她是个让人过目不忘的丑女人；黑头发衬托着瘦骨嶙峋的方脸庞，鼻子下的汗毛让人联想到小胡子。他一下子抓住了她生活的全部痛苦；他看到显露出一种强烈性感的相貌；他也同时看到显露出不可能满足这种强力的丑陋；他想象她在斯大林死的那天热衷于化身为一尊痛苦的活雕像；她热衷于出席无数的会议；热衷于同可怜的耶稣斗争；他明白了所有这一切只是她那不能随意发泄的欲望的一个死气沉沉的出口。爱德华是个年轻人，他的同情心尚未泯灭。他理解地看着女校长。但是，她似乎羞于她不情愿的沉默，便用一种希望高兴起来的声音说：

“总之，问题不在这里，爱德华。人不是只为自己活着。人总是为了什么事活着。”她直视他的眼睛，“问题在于知道为什么。是为某些真实的事情，还是虚幻的事情。上帝，这是个漂亮的概念。但是人的未来，爱德华，是一种现实。我正是为了这个现实活着，奉献一切。”

这些话，她也同样是满怀信心地说出来的，以至于爱德华不停地感受着片刻之前在他心中意外萌发的理解之情；他觉得他对他人撒这么一个弥天大谎实在太愚蠢，并认为更亲密的一轮谈话将给他提供机会停止他那卑鄙的（也是困难的）欺骗。

“我完全同意您的观点，”他急忙表示同意，“我也是，我更喜欢现实。您知道，不要把我的虔诚看得太认真。”

但是，他立即意识到永远不要被即兴的情感活动引入歧途。女校长吃惊地看着他并明显冷淡地说：“别演戏，我喜欢的是您的真诚。现在，您试图冒充他人。”

不，不允许爱德华脱掉他一时披上的宗教外衣；他随即听之任之了，并尽力抹去他刚才造成的坏印象：“不是，我不想逃避。当然，我相信上帝，而且我永远不否认这点。我只是想说，我也相信人类的未来，相信进步，以及所有这一切。如果我不相信这些，我的整个教师工作有什么用呢？来到世上的孩子有什么用呢？我们的整个人生有什么用呢？我恰恰认为，社会的改善和进步也是上帝的旨意。我认为人们可以同时信上帝和共产主义，这两件事可以调和。”

“不，”女校长以母亲般的权威口气说，“这两件事不能调和。”

“我知道，”爱德华悲伤地说，“不要怨我。”

“我不怨您。您还年轻，固执地抓住您相信的事不放。没有人像我这样了解您。我也一样，我也曾经像您一样年轻。我知道年轻是怎么回事。我爱的正是您身上的年轻。我对您有好感。”

终于来了。不早不晚，恰在此时，正是一个好时机。（如您所见，这个好时机不是爱德华选择的，而是自己来帮助爱德华充分成就自己的。）当女校长说她觉得爱德华引起她的好感时，爱德华不带什么表情地答道：

“我也一样，我也对您有好感。”

“真的？”

“真的。”

“得啦！一个像我这样的老女人。”女校长辩解道。

爱德华只能说：“并非如此。”

女校长说：“的确如此。”

爱德华只能更加热忱地说：“您根本不老。这么说很蠢。”

“您这么想？”

“当然，我非常喜欢您。”

“别骗我。您知道您不应该撒谎。”

“我不撒谎。您漂亮。”

“漂亮？”女校长不相信地撇了一下嘴。

“是的，漂亮。”爱德华说，由于担心这样的确定明显缺乏真实性，他急忙用一些论据予以支持，“我喜欢您这样褐色头发的女人。”

“您喜欢褐色头发的女人？”女校长询问道。

“非常喜欢。”爱德华说。

“可是，自打您到了学校，怎么会不来我这儿？我的印象是您在回避我。”

“我有顾虑，”爱德华说，“那样的话，所有人都会说我在拍您的马屁。没有人认为我去看您只是因为我喜欢您。”

“您现在没有任何可担心的了，”女校长说，“现在，人们已经决定我们应该经常见面。”

她用她棕褐色的眸子（我们应该承认，这双眼睛并非没有其美丽之处）直盯着爱德华的眼睛，而且，当他道别时，女校长轻轻抚摩了爱德华的手，以至这个冒失鬼带着一种胜利的令人激动的感觉离开女校长。

7

爱德华相信这一棘手的事情正向有利于他的方向转化，下一个星期天，他带着一种厚颜无耻的放肆在阿丽丝的陪伴下去了教堂；更要紧的是，他找回了自信，因为（尽管这种想法在我们心里只能引起一个怜悯的微笑）女校长家之行给了他关于他的阳刚魅力的一个明显证据。

此外，那个星期天，到达教堂时，他发现阿丽丝变了：从他们一见面，她就挽起他的手臂，而且在教堂里面也不松开；通常，她显得谨慎和矜持，而那天，她全然大变样，向十几个朋友和熟人点头致意。

这是不寻常的，爱德华完全不明白是怎么回事。

又过了一天，当他们在黑乎乎的街道上散步时，爱德华吃惊地注意到阿丽丝通常极其乏味的吻变得湿乎乎、热情、狂放。当他停下来和她倚着路灯时，他看到的是望着自己的一双深情的眼睛。

“我爱你，如果你想知道，”阿丽丝直截了当地对他说。并且她立即封住爱德华的嘴说：“不，不，什么都别说。我为自己羞愧。

我什么都不想听。”

他们又走了几步，然后停下来，阿丽丝说：“现在，我全明白了。我明白为什么你指责我冷淡。”

可是爱德华一点儿都不明白，宁愿保持沉默。他们又走了几步，阿丽丝说：“你什么都没对我说。为什么你什么都不对我说？”

“你想让我说什么？”爱德华问。

“是的，你就是这样，”她满怀柔情地说，“别人自吹自擂，但是你，你沉默不语。正是因为这个我爱你。”

爱德华开始明白了，他说：“你指什么？”

“指你的事。”

“你怎么知道的？”

“得啦！所有人都知道了。他们传唤你，他们威胁你，而你对他们不屑一顾。你一概不否认。所有人都钦佩你。”

“可是我没对任何人说啊？”

“别犯傻了。这样的一件事，当然会传出去的。不管怎样，这不是一件小事。你认为现在有点胆量的人还有吗？”

爱德华知道，在一座小城里，最小的事也会迅速变成传奇。但是他未曾想，一个传奇竟可以产生于他自己的那些微不足道的冒险，他从未高估它们的重要性；他还不十分了解在多大程度上他满足了那些同胞的需要，谁都知道，那些同胞崇拜殉道者，因为殉道者为他们揭示，人生只提供一种抉择：挺身面对刽子手或者俯首帖耳，这使他们更加坚信自己甜蜜的无所事事。谁也不怀疑爱德华挺身面对了刽子手，所有人带着赞赏和满足去兜售新闻，以至于通过阿丽丝的口，爱德华现在正面对着他自己的受难十字架的光辉形象。他反应冷淡地说:“当然，我一概不否认。但是这很正常。无论谁都会这样做。”

“无论谁？”阿丽丝喊起来，“看看你周围的人，这些人的行为！他们是懦夫！他们连亲娘都不认！”

爱德华不说话了，阿丽丝也不说话。他们走着，手拉着手。然后，阿丽丝低声说:“为了你，我什么都肯干。”

这是一句没有任何人对他说过的话。这句话，是上天的馈赠。当然，爱德华并非不知道他不配这一馈赠，但是他想，既然命运不肯给他他应得的那些馈赠，他就有权接受他不应得的馈赠。他说：

“没人能再为我做什么了。”

“怎么回事？”阿丽丝低声问。

“他们要把我赶出学校。而把我当英雄谈论的那些人连举手之劳也不会帮我。我深信一件事：最终我将孤身一人。”

“不会。”阿丽丝摇着头说。

“会。”爱德华说。

“不会。”阿丽丝又说了一遍，几乎是喊出来的。

“所有人都抛弃我。”

“我永远不会抛弃你。”阿丽丝说。

“你最终将抛弃我，你也一样。”爱德华悲哀地说。

“终生不会。”阿丽丝说。

“会的，阿丽丝，”爱德华说，“你不爱我。你从来没有爱过我。”

“不是这么回事。”阿丽丝低声说。爱德华满意地看到她的眼睛湿润了。

“是这么回事，阿丽丝。这些都明摆着。你一直对我极为冷淡。一个恋爱的女人不是这种态度。这我懂。而现在，你同情我，因为你知道大家想搞垮我。但是，你不爱我，而我也不希望你把一些虚假的想法装在脑袋里。”

他们一直走着，谁也不说话，手拉着手。阿丽丝悄悄地哭着，但是她突然停下来，在抽泣中说：“不，不是这样。你无权这么说。不是这样的。”

“就是这样。”爱德华说，因为阿丽丝不停地哭，他提议下周六去乡下。在一条漂亮的山谷里，在河畔，他哥哥有一间木屋，他们在那里可以单独相处。

阿丽丝满脸泪水，默默地同意了。

8

此事发生在星期二。当爱德华于星期四再次应邀去女校长家时，他是怀着乐观的自信去的，因为他完全相信他个人的魅力最终将把整个教堂事件化为一股烟。但是生活中总有这样的事情：人们自以为在某出剧中扮演自己的角色，没猜想别人已经悄悄地给您换了布景，以至于人们完全不知情地在另外一场戏里登台了。

他坐在同一把扶手椅上，面对女校长；他们之间，有一个小桌子，上面放着一瓶白兰地，两边各有一个酒杯。这瓶白兰地，恰好就是这个新布景，一个有洞察力和庄重的男人会立即明白这完全不是教堂事件。

但是，幼稚的爱德华是如此的自命不凡，以至最初毫无觉察。他心情愉快地参与了开场白（一个模糊、笼统的话题），喝干给他倒的酒，天真无比地感到无聊。半个或者一个小时后，女校长悄悄地把谈话转入涉及更私人的主题；她开始详尽地谈论自己，这些话语，肯定能在爱德华的眼前生动塑造出她希冀具有其特点的人物：那种理性的、成熟的、不太幸福的，但高尚的、随遇而安的女性；一个无怨无悔且庆幸自己未婚的女人，因为，如果没有这点，她或许就不能充分品尝自己独立的成熟滋味和在她漂亮小公寓里自己私生活的满足。她满意这个小公寓，也希望爱德华不会不愉快。

“不，”爱德华说，“我在这儿非常好。”说这话时，他的声音哽了一下，因为他突然感到不自在。白兰地酒瓶（第一次来访时他曾冒失地要喝白兰地，现在这瓶白兰地已经咄咄逼人，迫不及待地出现在桌子上）、公寓四壁（限定了一块越来越狭小、越来越封闭的空间）、女校长的自言自语（集中在越来越私人的问题上）、女校长的目光（危险地盯着他），整个这一切渐渐让他认识到节目的更换；他意识到自己被置于其变化不可避免的一种处境中，他清楚地看出正威胁着他职业的，并不是女校长对他的厌恶，正相反，而是他对这个唇上有黑色汗毛、劝他喝酒的瘦女人生理上的反感。他觉得嗓子发紧。

他听从女校长，喝干了酒。但是现在，焦虑之强烈使得烈酒没有对他产生任何作用。相反，喝了好几杯后的女校长已经确实放下平日的矜持，而她的话带着近乎危险的激奋：“我渴望您的一件东西，”她说，“就是您的青春。您还不懂得什么是失望、幻灭。您所看到的仍然是在希望和美的漂亮表象下的世界。”

她从小桌子上探过身子，把脸靠向爱德华的脸，在一段伤感的沉默中（带着凝滞的微笑），用瞪得可怕的大眼睛盯着他，而他此时想，如果不能达到微醺，这个夜晚对他来说会以一个可怕的惨败[1]告终；他给自己斟上酒，迅速地喝了一大口。

女校长接着说:“但我希望在同样的表象下，在和您同样的表象下看这个世界！”然后，她从扶手椅上站起来，挺起胸脯说:“我真的令您有好感吗？是真的吗？”她绕过桌子，拉住爱德华的袖子说:“是真的吗？”

“是真的。”爱德华说。

“来，我们跳舞。”她说。她松开爱德华的手，冲向收音机，转动旋钮直到调出舞曲。然后，她站起来，微笑着站到爱德华面前。

爱德华站起来，搂住女校长，按着音乐的节拍带着她穿过房间。女校长温情地把头靠在他的肩上，然后，猛然抬起头直视爱德华，然后轻轻地哼起曲子。

爱德华非常不自在，以至多次离开女校长去喝酒。他最强烈的愿望莫过于结束这令人厌恶的、没完没了的摇来摆去，但同时他也惧怕这个结束，因为随后而来的厌恶将有过之而无不及。于是，他继续带着这位哼着曲子的女人穿过狭窄的房间，同时（焦虑不安地）窥伺着酒精的预期效果。当他终于感到他的性欲多少被酒劲勾起一些时，他一只手搂紧女校长，把另一只手放到她的

① un terrible fiasco，双关语，也有男性暂时性阳痿的含义。

乳房上。

是的，他刚刚做出了这一举动，这个从晚上开始只要一想到它就一直让他毛骨悚然的举动；我不知道如果不做这个举动会付出什么代价，如果他还是做了，那么请相信我，这是因为他确实不得不这样做：从晚上一开始他就误入其中的处境没有给他提供任何脱身机会；我们或许可以延缓进程，但是不可能止住它，因此，把手放到女校长乳房上，爱德华只是服从了一件不可抗拒之事的指令。

但是，他这一举动的后果完全出乎预料。就像随着魔棍的一击，女校长偎进爱德华怀里，随后，她把毛烘烘的上唇贴到爱德华的嘴上。然后，她抽搐地、喘着粗气把他推到沙发上，她咬爱德华的嘴唇和舌尖，弄得爱德华很痛。这之后她抽身出来，对他说："你等着！"就跑进了浴室。

爱德华舔了一下手指，发现舌头破了。伤口非常痛，使得好不容易得到的醉意醒了。一想到等待他的事，他又一次感到嗓子发紧。从浴室传出一阵哗哗的水声。他抓起酒瓶，对着瓶嘴喝了一大口。

但是，女校长已重新出现在门口，穿着一件透明睡衣（胸部带花边），她朝爱德华缓缓走来。她搂住爱德华。然后她松开身子，责备地说："你怎么还穿着衣服？"

爱德华脱去上衣，在看着女校长的同时（她用大眼睛盯着爱德华)，他所能想的只有一件事，就是他的身体很可能要毁掉他的主观努力。因此，完全出于刺激性欲的考虑，他用不大有把握的声音说:“请您全脱光了。”

带着一种顺从的狂喜，女校长一下子脱掉睡衣，露出瘦弱的白色身子，浓黑的阴毛在一种毫无生气的随意中十分突出。她缓缓靠近爱德华，而他惊恐地明白了他无论怎样已经知道的事情:他的身体因为焦虑完全瘫软了。

我知道，先生们，随着年龄，你们已习惯了自己身体的这种暂时不听使唤，这丝毫不会令你们不安。但是，你们知道吗?爱德华那时还年轻！身体的怠工每次都把他猛然推进一种难以置信的恐慌中，而他把这看作一种治愈不了的伤痛；不管是面对某张漂亮脸蛋儿，还是跟女校长同样丑陋和可笑的脸蛋儿，他都认为是证据。女校长离他只有一步了，而他惊骇不已，不知道该怎么办。突然，甚至不知是怎么回事(这更是一种冲动的结果，而不是思考出来的策略)，他说:“不，不！伟大的上帝啊，不！这是一桩罪孽，这会是一桩罪孽。”他一跳，躲开了。

但是女校长靠近他，并嘟嘟囔囔地说:“怎么是罪孽?没有罪孽！”

爱德华躲到他们刚才落座的桌子后面:“不。我没有权利，我没有权利。”

女校长推开挡路的扶手椅，继续靠近爱德华，一双黑色的大眼睛牢牢地盯着他:“没有罪孽！没有罪孽！”

爱德华围着桌子转了一圈，身后只剩下沙发了；女校长离他很近了。他再也逃不掉了，或许是这极度绝望，在无退路的时刻，让爱德华向女校长发出命令:“跪下！”

女校长不解地看着爱德华，但是当他用绝望但是坚决的声音再次说“跪下”时，她虔诚地在他前面跪下，抱住他的腿。

“放开我！”他喊道,“双手合握！”

她再次不解地看着爱德华。

“双手合握！你听见没有？”

她合握起双手。

“祈祷！”他命令道。

她合握双手，朝他抬起虔诚的眼睛。

“祈祷！让上帝宽恕我们！”他喊道。

她合握双手，大眼睛看着爱德华，以至爱德华除了赢得了一点点珍贵的时间之外，也从居高临下审视她的姿态中，开始忘掉他只是一个猎物的痛苦感觉，并且找回了自信。他为了看到她的全身，便退后几步，并重复他的命令:“祈祷！”

由于她仍然一言不发，他就对她喊道:“大声地祈祷！”

真的：瘦弱、赤裸、跪着的女人开始祈祷:“天上的主啊，愿您的名字神圣，愿您的主宰……”

念祈祷词的同时，女校长抬头看着爱德华，仿佛他就是上帝。

他审视着女校长，兴致来了：她跪在他的面前，是被一名下属侮辱的跪着的女校长；她跪在他的面前，是被祈祷侮辱的赤裸的女革命者；她跪在他的面前，是被她自己的裸体侮辱的祈祷的女人。

侮辱的三重形象令他陶醉，一件意外的事情发生了：他的身体结束了消极抵抗；爱德华勃起了！

就在女校长念到“不要让我们受诱惑”时，他急匆匆地脱去所有衣服。当女校长念到“阿门”时，他粗暴地拽起她，把她拖到沙发上。

9

此事发生在星期四。星期六，爱德华带阿丽丝去乡下的哥哥家。哥哥亲切地接待他们，给了他们小木屋的钥匙。

两个恋人去散步，在森林中和草地上度过整个下午。他们拥抱，而爱德华用得到满足的手可以觉察到，在肚脐高度划出的界定纯洁之区和通奸之区的那条想象的线失去了任何意义。他最初的念头是要用语言确认一下这等待已久的事，但他犹豫了，他知道最好什么都不要说。

他或许考虑得很周到：阿丽丝突然的大转变，事实上与爱德华为了说服她而进行的几个星期的努力毫不相关；与爱德华的理性辩论毫不相关。相反，它完全建立在爱德华殉道的新闻上，因此是建立在一个错误上，甚至，在这个错误与阿丽丝从中得出的结论之间也没有任何逻辑关系；因为，让我们想一下：为什么爱德华忠实信仰直至殉道的事一定要促使阿丽丝违背上帝的戒律呢？因为爱德华在调查委员会面前拒绝背叛上帝，她就一定要在爱德华面前背叛上帝吗？

在这种情况下，大声说出的哪怕最小的想法，都有可能向阿丽丝揭示他态度的不一致，因此，爱德华最好不说话，而他的缄默一点未被觉察，因为阿丽丝自己说就足够了，她高兴，没有什么能显示出，在她心灵中已经产生的大转变是戏剧性的或者痛苦的。

夜幕降临时，他们进了木屋，点上灯，铺好床，相互拥抱，而阿丽丝让爱德华关上灯。由于从窗户还有微光进来，爱德华依阿丽丝的要求还要关上护窗板。在一片漆黑中，阿丽丝脱掉衣服，委身于爱德华。

他等待那么多星期的就是这个时刻，奇怪的是，现在，当这个时刻终于到来时，其重要性与他等待的长时间却完全不相称：相反，性行为似乎那么容易，那么自然，以至爱德华几乎有些漫不经心，他徒劳地想赶走脑子里出现的这些念头：他回想了阿丽丝的冷淡使他痛苦的这些漫长和无意义的星期；他回想了她在学校里给他造成的所有这些不快；他不但没有感激她对自己的献身，反而感到某种决意报复的仇恨。他为她那么轻易、毫无内疚地背叛了她曾经狂热崇拜的那位反通奸的上帝而愤慨；他为没有任何欲望、任何事件、任何震动能够触动她的平静而愤慨；他为她毫不心痛、胸有成竹并轻易地接受了这一切而愤慨。在这种愤慨的支配下，他试图粗暴、愤怒地和她做爱，以便从她那儿榨出一声喊叫，一次呻吟，一个词语，一句抱怨，但是一无收获。尽管爱德华竭尽全力，小姑娘始终一声不吭，他们的交欢瘫软无力、无声无息地结束了。

随后，她依偎在爱德华的怀中很快睡着了，爱德华却长时间地醒着，觉得他没有体会到任何愉悦。他试着回想阿丽丝（不是回想她有形的外貌，而是尽可能地回想她本质的人），并且骤然明白，他看到只是弥漫的她。

让我们在这儿停一下：阿丽丝正如直至现在给他的印象一样，在爱德华看来，她尽管天真，却是一个坚强、美丽的人：她身体的漂亮的单纯，似乎符合她信仰的初级的单纯；而她命运的单纯似乎是她待人处世方式的原因。直到那时，爱德华一直把她看作浑然一体的和谐的人：他徒劳地嘲笑她，诅咒她，用他那些花招哄骗她，而他对她（无意中）只有尊重。

可现在虚假传言的陷阱（不是他预先设计的陷阱）打破了这个人物的和谐，爱德华想，阿丽丝的思想只不过是镶贴在她命运上的一件东西，而她的命运只不过是镶贴在她肉体上的一件东西，而他在她的身上看到的只是一个肉体、一些思想和一段履历的偶然组合，无机、随意、不稳定的组合。他回想了阿丽丝（她偎着他的肩窝深深地呼吸着），他一方面看到她的身体，另一方面看到她的思想，他喜欢这身体，而这些思想让他觉得可笑；而这身体和这些思想没有达成任何统一；他看到的她就像融进吸墨纸的一条墨线：没有轮廓，没有形状。

是的，他的确喜欢这个身体。次日早晨，阿丽丝起床时，他迫使阿丽丝光着身子，而这个阿丽丝，头天晚上还因为星星的微光让她窘迫，坚持要关上护窗板，现在已经忘记了她的羞耻。爱德华审视着阿丽丝（她高兴地蹦蹦跳跳，为早餐寻找茶和面包干），不一会儿，她发现他忧虑的神情。她问他出了什么事。他回答说吃完早餐他要去看他哥哥。

当哥哥问爱德华学校里的事怎么样时，爱德华说还不错，他哥哥说："那个塞查科娃是个婊子，但是我早就原谅她了。我原谅她是因为她并不了解她所做的事。她想伤害我，但亏得她我才这么幸福。我作为农民生活得更好，与大自然的接触使我摆脱了城里人抵挡不住的怀疑主义。"

"我也是，这娘儿们给我带来运气。"爱德华若有所思地说；他向哥哥讲述他爱上了阿丽丝，他假装相信上帝，他不得不接受委员会的传唤，而这个塞查科娃想对他进行再教育，阿丽丝最后献身于他，把他看成殉道者。但他到底也没说他是如何强迫女校长背诵主祷文的，因为他感到在哥哥的眼睛里看到了一种责备。他住了嘴，而他哥哥对他说：

"我也许有缺点，但是有一点我是绝对清白的。我从不演戏，我总是当面对人说出我所想的。"

爱德华很爱他哥哥，哥哥的指责刺伤了他。他要为自己辩护，他们开始争论。最后，爱德华说：

"我知道你一直就是一个正直的家伙并且为此而骄傲。但是你有没有问过自己：为什么说真话？是什么迫使我们这样做？为什么要把真诚当作一种美德？假设你遇到一个疯子，他确信他是一条鱼，我们大家也都是鱼。你会同他争论吗？你会在他面前脱掉衣服向他证明你没有鳍吗？你会当面对他说你所想的吗？好吧，告诉我！”

他哥哥不说话了，爱德华接着说：“如果你只对他说实话，只说你对他真正的看法，这就是说，你赞成和一个疯子进行一次严肃的谈话，而你自己也是疯子。我们同周围世界的关系恰恰也是这样。如果你固执地当面对它说实话，就意味着你认真看待这个世界。而认真地看待那些不怎么严肃的东西，其本身就失去了整个的严肃性。我本人，为了不认真地看待疯子，也为了自己不变成疯子，我必须撒谎。”

10

星期天结束了，一对恋人踏上归程；他们单独待在一个包厢里（小姑娘又一次高兴地喋喋不休），而爱德华回想，就在不久前，一想到他可以在阿丽丝的自行决定的人物中找到一种严肃性时，他还是非常高兴，因为他被迫做的事情永远也不能带来这样的严肃性，他悲哀地明白到（车轮单调、悦耳地敲击铁轨的接缝），他刚刚同阿丽丝的艳遇是可笑的，是偶然与错误的后果，缺乏严肃性和意义；他听着阿丽丝的话，他看着她的动作（她抚摩爱德华的手），他想，这些是无意义的符号、没有储备金的纸币、纸的秤砣。他赋予它们的意义超不过上帝赋予赤裸的女校长之祈祷的意义；他突然意识到，他身边的这座城市的所有人事实上都只是吸墨纸上的一些线条、行为可以互换的一些活物、没有坚实物质的一些人；但更坏的是，更更坏的是（他随后想到），他本人只是所有这些影子人的影子，因为他挖空心思，惟一的目的就是适应这些人，模仿这些人，但是他徒然地带着内心的嘲笑模仿他们，不把他们当回事儿；他徒然地以此暗自嘲笑他们（并且以此评价他自己为适应他们而进行的努力），但这改变不了什么，因为一次模仿，哪怕是恶意的模仿，仍然是一次模仿，就像一个冷嘲热讽的影子仍然是一个影子，一个次一等的、衍生的、可悲的玩意。

这是侮辱，可怕的侮辱。车轮单调、悦耳地敲击铁轨的接缝（小姑娘喋喋不休），而爱德华说：

“阿丽丝，你幸福吗？”

“幸福。”阿丽丝说。

“我呢，我绝望。”爱德华说。

“你疯啦？”阿丽丝说。

“我们本不应该做这事。不应该。”

“你这是怎么啦？是你想干的！”

“是的，”爱德华说，“但是，这是我最大的错误，上帝不会宽恕我。这是一个罪孽，阿丽丝。”

“求你了，你到底怎么了？”年轻姑娘平静地说，“是你自己老在说，上帝希望爱，首先是爱！”

爱德华意识到，阿丽丝已经静静地掌握了这条神学的诡辩，而就在不久前，这条诡辩在他艰难的战斗中曾是他一个虚弱无力的救援，想到这里，他脸红了：“我说这话是为了考验你。现在我算知道你是怎样忠于上帝的了！但是能背叛上帝的人，将百倍容易地背叛一个男人！”

阿丽丝总是能找到新的完全现成的回答，她要是深思熟虑的话，不找这些回答就好了，因为这些话只能激起爱德华复仇的怒火。爱德华说了很久很久，他说了那么多，以至于（他使用了恶心和生理厌恶这些词）最后他在这张平静而温柔的脸上（终于！）榨出了抽泣、泪水和呻吟。

“别了。”爱德华在车站对阿丽丝说，丢下她一人在那儿，满脸泪水。爱德华回到自己的住所，只不过是几个小时后的事情，当这古怪的怒火最终平息，他明白他刚刚做的事情会引起的所有后果，他回想起这个身体，当天早晨还在眼前蹦蹦跳跳的，而这漂亮的身体，他自己已经自愿地把它赶走了，想到此，他把自己看作傻瓜，直想抽自己的嘴巴。

可是，生米已成熟饭，无法挽回。

为了忠于事实，我应该另外补充说，尽管这个漂亮身体离他而去的念头引起爱德华的一些悲伤，但也是相当快就听之任之了的一次丧失。刚到小城不久，他为没有肉体之爱而痛苦，但这完全是一种暂时的缺乏。爱德华不再为这种缺乏而痛苦。他每周一次去看女校长（习惯已经解除了他身体原先的焦虑），他决定只要这件事没有最终在学校公开，就有规律地去她那儿。此外，他越来越成功地尝试着引诱不同的女人和姑娘。这使得他更加欣赏独处的时刻，并开始喜欢独自散步，有时还利用这样的时候（请对这个细节再给予一些关注）去教堂转一圈。

不，请不要担心，爱德华没有找到信仰。我并不想让我的故事罩上这么明显的矛盾。但在几乎可以肯定上帝不存在的同时，爱德华带着怀旧的伤感，在脑袋里有意地转着上帝的念头。

上帝就是本质自身，然而爱德华（他与阿丽丝和女校长的故事已经过去多年）无论在爱情里，在工作中还是在思想里都没有找到本质。他是太老实了，以至于无法在非本质中找到本质；而他又是太软弱了，以至于无法不悄悄地渴望着本质。

啊，女士们，先生们，当人们对任何事，也对任何人都不认真对待时，活在世上是多么凄惨啊！

所以爱德华感受到对上帝的渴望，因为只有上帝被免除了显现的义务，并且可以满意于仅仅存在；因为他独自就构成（他独自，惟一的和非存在的他）惟其没有本质就更存在的这一世界的基本反命题。

这样，爱德华经常去教堂坐坐，并朝着穹顶抬起梦幻的眼睛。正是在一次这样的时刻，我们将与他辞别：下午过去了，教堂中安安静静、空空荡荡，爱德华坐在一条长椅上，想到上帝的不存在而心中悲伤。此刻，他的悲哀是那样的深，以至于他看到从他内心突然涌现出上帝活生生的和真实的面容。看啊！是真的！爱德华微笑了！他微笑着，而且他的微笑是幸福的……

请您记住他，还有这微笑。

一九五九年至一九六八年写于波希米亚

收集者的小说集

弗朗索瓦·里卡尔

"一九五九年至一九六八年写于波希米亚",《好笑的爱》收笔处的这条提示本身，就已经打开了阅读的第一条线索，因为，它使这部书显得像米兰·昆德拉的整个小说创作的出发点，而且，它给予了这本书一个非常珍贵的价值。

尽管如我们现在所知，作品出版于一九七〇年，也就是说，晚于《玩笑》[①]两三年，应该指出，它的写作是伴着甚至是先于昆德拉的第一部小说的写作。《好笑的爱》最初是一九六三年与一九六九年之间在布拉格出版的三本"小册子"的题目。作者从它们收录的十篇小说中抽出八篇组成小说集于一九七〇年在布拉格出版，同年出版了法文的第一版，在法文版中，篇数最终减少为七篇[②]。这个

---

① 或许，昆德拉因此把《好笑的爱》看为他的"作品二"(参见弗雷德·米苏芮拉:《了解米兰·昆德拉：公共事件、私人事务》，南卡罗莱纳大学出版社，哥伦比亚，一九九三年，页一六四)。——原注

② 由弗朗索瓦·克雷尔译自捷克文的短篇小说集《好笑的爱》，伽里玛出版社一九七〇年版，世界文库丛书，页二二七。这部作品在一九七九年出版法文版的第二版，后来，在一九八六年，出版"作者校订的新版"(伽里玛出版社，弗里奥文库版)。——原注

“最终版”小说集的开篇之作《谁都笑不出来》曾经发表在三本小册子的头一本中，即一九六三年的小册子中，而接下来的两篇《永恒欲望的金苹果》和《搭车游戏》出自一九六五年的小册子，其余四篇出自一九六九年的小册子[①]。

可以把《好笑的爱》看作是米兰·昆德拉创作的第一部叙事作品，如果不怕出现歧义的话，我们甚至可以把完成于“一九六五年十二月五日”的《玩笑》和时间署为“一九六九年六月”的《生活在别处》，[②]在某种程度上看作是属于《好笑的爱》系列或者范围的作品，就是说，由美学和精神的同一种探索所激发和养育的小说，而它们在某些方面是这种探索的机会、场所和实验室。

在一九八八年的一次采访中，昆德拉也提到《谁都笑不出来》的写作在其艺术创作的演变过程中所起的关键作用。“在三十岁前，”他说，“我创作过好几类东西：主要是音乐，但也有诗歌，甚至有一个剧本。我在多个不同的领域工作——寻找我的声音，我的风格，寻找我自己。随着我的《好笑的爱》的第一个故事（写于一九五九年），我确信‘找到了自我’。我成为写散文的人，写小说的人，而不是其他的任何什么人。”[③]

“找到”自我，这对于一个小说家主要意味着，发现——或者，无论怎样，相当清楚地感觉到——他的作品将赋予形式的世界是什么；他的“风格”，他的“声音”，他对世界的看法是什么。我们还可以比较一下我刚才提到的声明和《被背叛的遗嘱》中的一段，在那一段文字里，米兰·昆德拉从一个不大一样的角度，叙述了同样的经历。提到捷克斯洛伐克发生一九四八年革命之后的那些年间，他写道："那时候，我深深渴望的惟一东西就是清醒的、觉悟的目光。终于，我在小说艺术中寻找到它。所以，对我来说，成为小说家不仅仅是在实践某一种‘文学体裁’；这也是一种态度，一种睿智，一种立场。"④

这种对自我和小说（小说中的自我）的发现以及伴随的"确信的"感觉，使人想起笛卡儿的"顿悟"，或者瓦莱里的"热那亚之夜"⑤。首先，这些事件是一些否定的发现，一些反叛的方式，或者更说是：它们标志着一种觉醒，一个决裂，通过这个决裂，意识使直至那时还束缚它的东西贬值，也因此彻底超脱了。而这拒绝，这境界的解放，同时也让未来的思想或者美的整个新空间显现出来；它以可能的方式揭示尚不知晓的广阔空间，在这个空间中，将构筑出作品，将产生出日后的发现。最后，它提供了这类

---

① 资料出自格伦·布朗德:《米兰·昆德拉：一份加注解的参考文献》，加兰（Garland）出版社，纽约，一九八八（页四）。—— 原注

② 见这两篇作品的结尾。—— 原注

③ 罗伊斯·奥本海姆:《澄清，解释，米兰·昆德拉访谈》,《当代小说评论》，第九卷，第二期，一九八九年夏季（页十一），埃尔姆伍德帕克（伊利诺）。—— 原注

④《被背叛的遗嘱》，第六部分第七章，页一八七（伽里玛出版社，一九九三）。—— 原注

⑤ 瓦莱里二十一岁时，在热那亚的一天夜里发生精神危机，于是放弃诗歌写作，从事数学和哲学的研究。

发现采用的“方法”，因为这种方法不是别的，而是将过去事件转换成时间，转换成“睿智”，也就是说，总是重新开始的对过去事件的沉思和叙述。

就像《爱德华和上帝》，就像《玩笑》，或者就像《雅克和他的主人》[①]，《谁都笑不出来》在某种意义上构成了这一发现的叙述（叙述之一）。这故事讲的是一次失败。叙事者徒然地自以为精明，却失去了全部：他的工作，他的名誉，甚至他爱的女人。他尤其失去了他的天真，他的那些期待，对他自身自由的信仰。一句话，他赢了。

> 我突然明白到，我原先还想象我们自己跨在人生历险的马背上，还以为我们自己在引导着马的驰骋。实际上，那只是我单方面的一个幻觉；那些历险兴许根本就不是我们自己的历险；而从某种程度上来说，它们是由外界强加给我们的；它们根本就不能表现出我们的特点；我们对它们奇特的驰骋根本就没有责任；它们拖着我们，而它们自己也不知来自什么地方，被不知什么样的奇特力量所引导。

他赢了，也就是撤离了，停止了斗争，并采纳了面对自己的“一种清醒的和觉悟了的目光”，小说家的嘲讽的目光。没有这种目光，他怎能叙述发生在他身上的事情呢？难道他不是只会高声叫喊，宣布复仇，煽动充满公正的心灵吗？他没有这样做，只是简单地叙述自己的奇遇，就像这种奇遇曾经发生在随便什么人身上，他叙述得就像它现在发生的样子，那样可笑，苦涩，从而具有代表性。

我们读（或者再读）《谁都笑不出来》—— 以及《好笑的爱》中的其他小说 —— 可以像读《方法谈》[2]或者《泰斯特先生》[3]一样（它们也是以它们自己方式写成的小说）：从中找到可能是最可靠的线索，因为它最接近这最初的时刻，“一九五九年至一九六八年间，在波希米亚”的某个地方，一位小说家自己“找到自己”，并且意识到将成为他作品的主要轮廓的东西。而我们现在对这作品的认识，就像作品在最近二十五或三十年间所展现的一样，在我们的眼中这种认识只是在回顾时增加了这最初时刻的意义和美，一切都含在其中，就像在一个核中，并且准备出世。

在《被背叛的遗嘱》的另外一段自述中，昆德拉回忆了苏联占领捷克斯洛伐克的最初岁月对于他意味着什么。在完成《告别圆舞曲》后的六年中，他什么也没有写。“我以为自己的写作生涯

① 《雅克和他的主人 —— 一出向狄德罗致敬的三幕剧》，伽里玛出版社一九八一年出版（舞台檐幕丛书）。但是作品，如作者在《一种变奏的导言》中明确指出的那样，写于一九七〇年左右（也见于《被背叛的遗嘱》，第三部分第十章，页九九至一〇〇）。—— 原注

② *Discours de la méthode*, 笛卡儿一六三七年发表的第一本哲学专著。

③ *Monsieur Teste*, 瓦莱里一九〇六年发表的一篇论文。

从此结束了，"[1]他说，"那时，我惶恐不安。为了能重新感到脚下尚还踏着一方坚实的土地，我打算连接以前曾做过的事：写《好笑的爱》某种意义上的第二卷。""这是何等的倒退！"他还说。这或许是一个倒退，因为一位艺术家不会满足于重做他干过的事情。但同时，倒退确认了《好笑的爱》的奠基性特征。在空虚中，在艺术创作和精神思想的紊乱时期，小说家自发重归的正是这部作品，就像重归到仍然可以溢出新事物的惟一源泉。实际上，"倒退"，重归《好笑的爱》之乡正是不久可以打破僵局，按照当时看来尽管意想不到、事实上却在这些小说的"模具"中预示的和安排好的手法重新创作，在十五或者二十年前，昆德拉已经从这些小说开始了他的"散文创作的第一步"。"还算幸运，在信手涂鸦写了两三篇'好笑的爱之二'以后，"《被背叛的遗嘱》的作者接着说，"我明白我实际上正在写一些全然不同的东西。"这些全然不同的东西就是后来的《笑忘录》。

对昆德拉的评论一般来说对《好笑的爱》关注甚少[2]，但仍然从这部作品中觉察到作者后来的小说的先兆，这一点并不令人吃惊。特别是，人们从《座谈会》和《哈威尔大夫二十年后》的人物、背景、叙事方式甚至某些主题中认出了不久就要成为《告别圆舞曲》的一段引子的东西。同样，在《谁都笑不出来》或《爱德华和上帝》这一方面和另一方面的《玩笑》之间，同源性是很明显的。我们还可以通过羞耻或嫉妒的主题，在《搭车游戏》的年轻姑娘和《不能承受的生命之轻》的特蕾莎之间建立一种联系；或者通过唐璜主义，在“收集者”哈威尔和“放荡的床笫能手”[3]托马斯之间建立联系。我们已经可以说，短篇集的这七篇小说“以某种方式预示了（昆德拉的）所有重要的复现主题：自我哄骗和幻象，性欲和爱的滑稽，公共领域和私人领域之间的辩证关系，历史、青春和抒情诗，记忆和遗忘，笑（包括‘玩笑’的概念），不能承受的生命之轻的悖论”。[4]除了《告别圆舞曲》（五部分）和《被背叛的遗嘱》（九部分）外，在作者的其他作品中都能见到的七部式构成又意味着什么？

换句话说，昆德拉的作品越是发展，越是丰富，按照其后的小说的观点重新阅读的《好笑的爱》就越像是一部言简意赅的书。因为这部小说集，与一位艺术家的第一部有意义的作品通常起的作用一样，清楚地或者潜在地包括了我们可以称之为昆德拉的小

① 《被背叛的遗嘱》，第六部分第十一章（页一九八）。——原注

② 两篇最新的文章是个例外：玛丽亚·南科瓦·巴奈尔杰的《最终的悖论：米兰·昆德拉的小说》和弗雷德·米苏芮拉的《了解米兰·昆德拉：公共事务，私人事务》（见本文的第一个注释）。——原注

③ 《不能承受的生命之轻》，第五部第十章（作者校订的新版，伽里玛出版社，一九八七年，弗里奥文库版）页二九〇。——原注

④ 格伦·布兰德：《一部加注的目录》，页XVII。另一篇批评文章在《好笑的爱》中看到昆德拉的“某种伟大的小说交响乐的序曲”（科弗托斯拉夫·施瓦迪克：《米兰·昆德拉和语言的基督》），《当代小说评论》，第九卷，第二期，一九八九年夏季，页三六。——原注

说索引的基本因素。每篇小说各自成章，七篇小说结为整体，构成为主题与形式潜在性的一个宝库。小说家在其后的作品中从未停止在让潜在性经受持续变化的同时重新使用和发掘它们。这些变化渐渐地揭示了潜在性的财富，并把它们一直推向最宽阔和最新的成就。以此观点来看，像《好笑的爱》这样的一部作品具有非常重要的作用：读这样的作品，可以说就是在目睹一个世界的形成，目睹米兰·昆德拉独一无二的作品在现代小说体系中所代表的新星球的诞生。

*

阅读《好笑的爱》的这种方式，尽管经过验证并且是有益的，但并非没有风险，例如，它可能导致把小说集看作是青春期的一部作品，也就是说与本来面目完全相反。当然，伟大作家的“青春期作品”是感人的，但它们更多的是一些失败的，未定型的或者书卷气的，最不自由和最做作的作品；最少耐读性，最少新意。所以，教授、传记作者和其他“捡垃圾的”①喜欢这类东西，并且热衷于“发掘”它们；因为，他们最喜爱的作家就是这个样子：尚在摇篮中，一丝不挂，天真、自然、有出息，就是说没有自觉地表明艺术意愿。可是，《好笑的爱》徒有处女作的种种特点，却是成熟的处女作，是一位在写作的同时“找到了自我”的作家的书，且作家远没有表现他的青春期，相反，他绕过青春期，以便加快作为人和艺术家的完全成熟。

而展望式的或者系谱式的阅读的风险更大，这样的阅读满足于在《好笑的爱》中只看到昆德拉的后来小说的一个预兆，我认为，这让我们无视《好笑的爱》。让我们忘记这本书本身的价值，它的丰富内容和固有的美，它作为作品和作为世界的圆满的存在。

这样，人们很少能注意到这部书创立的高度，其构思的平衡性和复杂性的高度。因为我们已不会阅读短篇小说集，经常把它们视为一堆散落的篇章，视为多多少少是偶然汇入一个集子里的短小故事的简单“集成”。

然而，短篇小说尽管如昆德拉所说，是一种“小的形式”，短篇小说集却属于“大作”范畴[2]，与长篇小说一样。面对《恶之花》或者蒙田的《随笔》，谁打算孤立看待这些诗歌或者散文，而不考虑每一篇都各有其位，每一篇从其含义中吸取了一部分本质的那座大厦？在短篇叙事中，无论它是短篇小说或是故事，这种传统

①《被背叛的遗嘱》，第七部分第八章（页二二三）。——原注

② 昆德拉在为希尔维·利施特罗娃所著的《回返和其他的失落》所写的书评《善于留在本质中》中使用了这些词汇。《小说工场》，第一期，一九九三年十一月，页九〇，巴黎。——原注

遗憾地失去了，而我们毫不犹豫地“弄碎”贝洛[1]、契诃夫、卡夫卡、凯瑟琳·曼斯菲尔德[2]或者博尔赫斯的短篇集，犹如它们的作者没有认真组合它们，就是说，犹如这些短篇集本身不是作品一样。[3]

短篇小说集固有的美学挑战，是把最大的多样性和最强的统一性组合在一起，让读者感觉他们一直在变换世界，同时也一直在同一个世界。每篇短篇小说，事实上，其本身是完整的，篇幅不能长；每一篇都用它的人物、它的情节、它的背景和它固有的风格构成一个世界，因而它无需延长或者由另外一篇解释。它有它自身就足矣。而短篇小说集表现出来的第一个特点，恰恰是构成集子的各组成部分的这种非连续性，就是每篇小说的个性和完全的独立性。如果不是这样，如果书的所有部分需要相互依存才能使其阅读和理解完整的话，人们所面对的就不是一部短篇小说集，人们或许已经走上长篇小说之路。短篇集依靠每篇叙述的完全独立，也就是整体的多样性。

在《好笑的爱》中，这种多样性是显见的，每篇表现一个故事，一些人物和一个单独的世界，七篇故事可以很好地依靠自身存在，可以像阅读七篇完整的作品那样阅读。即使在《座谈会》和《哈威尔大夫二十年后》，同一个人物重复出现，理解起来也无需相互参照。但是，多样性——它是一部短篇小说集的美的一个组成部分——在这种情况下，远远超出所讲述的这些故事的惟一层次。这种多样性成为叙事自身的特点，而叙事的方法和方式，从一篇到另一篇，则在不停地变化。

头两篇，《谁都笑不出来》和《永恒欲望的金苹果》采用第一人称叙述，但这第一人称，在第一篇中是主角的第一人称，而在第二篇中，是马丁的朋友的第一人称，我们可以称之为配角的第一人称。在随后的四篇小说中我们转入第三人称。但是在这四篇中也同样，相对于情节来说叙事方远不是一直占据同样的位置。在《搭车游戏》中，叙事者是讽刺的和福楼拜式的；而在《让先死者让位于后死者》中，这种叙事者变成契诃夫式的[④]，在这篇小说中，叙事者非常接近人物的视点，以至把自己分成两半，就如同人物被分裂了一样。在《座谈会》中，我们说，叙事者保持在最低限度：一言不发，以把空间留给人物的话语，它仅限于像一位叙事戏剧的舞台监督那样行事，戏剧和叙事非常恰当地结合在一起，在文学作品中很少见到这样的例子。

在这方面，最有意思的是小说集的最后一篇《爱德华和上帝》。在这里，叙事的主要部分以第三人称出现，但再次是一种不

---

① Charles Perrault（1628—1703），法国作家，有《鹅妈妈的故事》等作品。

② Katherine Mansfield（1888—1923），英国女小说家，短篇小说大师，其代表作为短篇集《幸福》。

③ 关于卡夫卡的短篇小说集的版本，参见《被背叛的遗嘱》，第九部分第十二章，页三一一至三一二。——原注

④ 菲利普·罗斯在介绍美国版《好笑的爱》（*Laughable Loves*, Knopf, New York, 1974, p. XIV）时把这篇小说归于契诃夫式的。——原注

同类型的第三人称，接近我们在伏尔泰的《老实人》中所见到的第三人称：很吃力地隐藏一个放肆、狡狯的“我”，第三人称在作品中不能约束这个我到处自我表现（“我应该提醒注意……”；“另外，我应该补充说……”），甚至藐视书中人物，直接同读者对话（“但我请您……”；“请相信我……”；“啊，女士们，先生们……”）。这些修辞的效果，我们可以说，是合情合理的：它们一直就属于短篇小说的艺术。在文本的结尾部分，人们渐渐听到另一个声音，它这次以第一人称复数表达，而它的介入，事实上凝固了行动的进展，并启动了叙事的另一种形式，沉思的形式：“让我们思考一下”，这个声音说，或者，“让我们在这儿停一下……”。无论它多么谨慎，无论其使用在这儿显得多么羞怯，这种叙事方法仍然构成《好笑的爱》的手段之一，无论谁，读过《不能承受的生命之轻》或者《不朽》，都知道这种手段是多么重要。

多亏这种与内容的多样性同样出色的形式的多样性，阅读像《好笑的爱》这样的一部短篇小说集，就是参加一次想象力和精湛技艺的盛会。我在第一篇小说中不能预知在第二篇中将看到什么，同样，在第二篇中也不能预知第三篇，很快，越是往后读，我就越是变得准备接受一切，只等待该出现的那篇小说的一件东西：它将是*另一件东西*，它要实现一种不一样的叙述可能性，但这一可能性却跟以前的可能性一样漂亮，一样出人意外。小说集的线性轴，总之，如同即兴演奏的轴，由惟一的惊讶，由新事物的喜悦推进。

*

然而，这种即兴演奏不足以形成短篇小说集，特别是它不足以完成短篇小说集，并把它构成一部作品。除了多样性，还需要有其他东西，甚至需要与多样性相反的东西：一个足够强大的统一性，从而把小说系列聚在一起，并让这些小说显得像非常协调和完整的一个整体的各部分。短篇小说集的这种整体的统一性，并不损害叙事的独立和每篇小说个体的统一性：统一性重叠，统一性原地安排更广阔和更复杂的作品的上层建筑，通过它，这些短篇小说可以相互沟通，不管（或超出）把它们区分开的多样性。这样，一部短篇小说集的美是一种悖论的美：它同时存在于多样性和统一性之中，也就是说在一个系统的和谐中，这个系统允许，甚至要求系统自身的每个构成因素的自由。

以往，读者借助作者镶嵌他们的故事的"框架"，一下子就看到短篇小说集的统一性。就像我们在《十日谈》中，在文艺复兴时期的法国讲故事人那里，甚至在《一千零一夜》中见到的，这种框架式叙述同时保证了结构的平衡（短篇小说布局和叙事者交替必须遵从的法则）和主题的延续性（通过这些"聊天者"提供的讨论和解释）。因此，读者在对故事系列爱不释手的同时，也住进了作品自始至终所在的同一个空间。这种模式，我们甚至可以在莫泊桑的一个短篇集（《蠢妇集》）中见到其影响，但不久却变成累赘和套路。它也因此相当快就消失了（卡尔维诺在他的《命运交叉的城堡》中出色地复活了这种样例），从《惩恶扬善故事集》[①]起，被我们现在知道的形式替代，在这种当今的形式中，短篇小说集的统一性一方面依然作为一种基本的要求，另一方面则通过更多让读者参与的一些方法，以更微妙或者不那么引人注意的方式实现。事实上，正是被抹去的框架结构，自此承担了暴露各短篇小说之间联系的桥梁，并随着阅读重建作者曾构建的大厦的平面的任务。

在像《好笑的爱》这样的一部短篇小说集中，这种统一性的某些归纳手段表现得很明显。第一，也是最简单的，在于扣在整部作品上的惟一题目的选择，它可以把读者的注意力转移到各篇小说汇集在其中的那个共同的语义空间。这里，做得最漂亮的是，这个题目——《好笑的爱》——同时说出了短篇集相互矛盾的两个本质，统一性和多样性：统一，因为虽不属于其中任何一篇小说，但仍然适合所有小说；多样，因为，很简单，题目中的"爱情"用的是复数，这是昆德拉所有叙事作品中的惟一一个。

另一个手段是，它用"搭扣"[②]把每篇小说和另一篇或者另外多篇小说联系到一起。搭扣有时可以是人物，有时是情景，有时更是思考或者主题动机，这些主题不断复现在短篇集（也在读者的记忆）中，编织了一张交流和反馈之网。哈威尔大夫在两篇小说中的出场就是最明显的例子。[3]还有很多其他的例子。例如，在《座谈会》中，弗雷什曼的女朋友就像《谁都笑不出来》中叙事者的女朋友一样叫“克拉拉”。同一篇小说中，名为“撒尿”的一节让人联想到《搭车游戏》中的段落，而《搭车游戏》与它前面的一篇（《永恒欲望的金苹果》）的联系是度假的气氛和驾车旅游的主题动机。还是在《座谈会》中，死亡的出现（哈威尔被比作“带走一切的死神”，而伊丽莎白的“自杀”，就如同这一隐喻的效果，哈威尔认为它是“跟投入到一个情人的怀抱中那样，投入到死神的怀抱”的一个未遂行为）连接了正好叫做《让先死者让位于后死者》的下一篇小说。

其中一些动机，因为复现频繁，是名副其实的主导主题。不同年龄的性伴侣对峙（或者争斗）的情景尤其如此。在这方面，我们注意到，尽管《好笑的爱》的人物几乎从来没有完整的名字（仅用一个名字或者姓氏表示他们），甚至无名无姓，尽管我们完全不知道他们的容貌，他们的年龄却总是很明确（或者至少我们可以很容易地猜出来）。然而这些情侣往往倾向于聚合年龄差距相当大

---

① *Novelas Ejemplares*，塞万提斯的一个短篇小说集。

② 昆德拉在《小说的艺术》第四章中用了这个词（伽里玛出版社，一九九三年，页一〇九）。——原注

③ 在《座谈会》中，最直接地预告了《哈威尔大夫二十年后》的人物是“主任医师”，至少，就像在第四幕名为“为主任医师辩护”这一章中哈威尔看到的一样。——原注

的人。有时是男人更老:《谁都笑不出来》的叙事者比克拉拉年长十三岁;《永恒欲望的金苹果》的马丁是娶了一个年轻女人的四十多岁的人;《座谈会》的主任医师是位秃顶的老先生，他的情妇是一个三十多岁的漂亮女大夫；而老哈威尔娶了一个女演员,“漂亮，令人赞叹，比他年轻得多”。有时女人更老:《座谈会》中的伊丽莎白和弗雷什曼;《让先死者让位于后死者》中的五十多岁的女人和她的情人,《哈威尔大夫二十年后》中的弗朗蒂丝卡和男记者;或者还有《爱德华和上帝》中的塞查科娃同志和爱德华。

人们轻易就能举出大量同形的例子，这些同形使短篇集的不同部分相互联系。我们还是要补充一个重要的细节：复现从来就不是简单的重复。同一个动机或者同一个情景在从一篇小说流动到另一篇小说时，不断经受着形式或者意义的改变，这些改变让人们每一次从不同的角度去看同一个动机或者情景，因而这些小说，通过它们藉以在短篇集的空间中相互呼应的这些联系，最终发展到相互表示内涵，并通过这点，获得一种附加的含义。一个说明就足够了。我们在《好笑的爱》中至少看到三处脱衣服的场面:《搭车游戏》中年轻姑娘的,《座谈会》中伊丽莎白的和《爱德华和上帝》中女校长的。这三个场面中，伊丽莎白的“伟大的脱衣舞”尽管没有脱掉衣服，却无疑最撩人，也最悲伤，如哈威尔所言，因为它事实上体现了一种哀求：伊丽莎白请求他人看到漂亮的和有诱惑力的她，就像她看到的她自己一样。然而,《搭车游戏》中的年轻姑娘的裸体也向她的男伴提出这样的哀求，但为的是让他不再把她看成她所不是的那个女人，为的是让他最终还给她平常日子里每天的衣服。至于塞查科娃的裸体，里面无疑有一些漫画手法，因为，除了突出人物身体的丑陋外，远没有显露出任何东西。但是，不管怎样，另外两个场面的悲哀波及它，并把一个悲怆的背景加到主导它的滑稽人物身上。

如果短篇小说集的整体性没有首先建立在一个绝顶坚固和平衡的结构上，那么共用的标题、反复等因素的自身效力会很有限。而这个结构，在《好笑的爱》中，却体现出一种伟大的美。七个短篇，表现得如同平等的七“部分”，是照着形成一个图形的方式安排的，我们可以把这个图形描述为三个向心圆的嵌套，或者具有A-B-C-D-C-B-A形式的拱形或者三角形。事实上，头三篇和末三篇之间对称得如此完美，以至它们似乎在一面镜子中一对一地相互映射。我们来仔细地看一看。

A：《谁都笑不出来》（Ⅰ）和《爱德华和上帝》（Ⅶ）。共同绘出短篇小说集外圈圆的这两篇小说因各自人物的生活经历而非常相像，两个人都在跟一个不可能存在幽默的世界搏斗，两个人最终都发现他们命运的“非严肃”。此外，这是短篇小说集中仅有的两篇社会政治和意识形态背景在主人公生活中占有重要地位的小说。他们要为自己的行为受到公众谴责；一个人失败了，因为他被指责为虚伪，另一个人脱险了，靠的是他的虚伪本身。最后，两篇故事发生在几乎同样长的时间段内（几个月），且它们的篇幅也一样长。

B：《永恒欲望的金苹果》（Ⅱ）和《哈威尔大夫二十年后》（Ⅵ）。尽管这两篇小说的长度不等，也没发生在相同长度的时间段内（不过从时间的数字上看，它们几乎相等：第一篇，约七个小时，第二篇，约七天），但是它们的主题，它们的背景和它们的情感氛围却非常接近。两篇小说都发生在一座外省城市的医疗机构里，特别是两篇小说都描写了一个现代唐璜的形象，对他们而言，爱的策略，也就是说挑逗的技术，以及追逐的优雅和精巧远远要比胜利更重要。此外，每个人物都伴有他们的仰慕者斯嘎纳莱尔[①]，马丁有他的朋友叙事者，哈威尔有年轻男记者。这两篇小说构成了小说集的中间那层圆圈。

C：《搭车游戏》（Ⅲ）和《让先死者让位于后死者》（Ⅴ）构成了三个圆中最后的、最里面的、也是最小的圆。另外，这里两篇小说的一致几乎是全面的：同样多的页数，同样长的时间（几个小时），人物同样的匿名，同样的对位叙事，特别是同样的情景：在幻象和一半不由自主，一半有意为之的谎言的背景下的一次色情的相遇。我们几乎可以说，在这两种情况下构成一对男女的，都是处在一生中不同年龄时期的同一些恋人。

我们还要指出，这几对短篇小说的每一对都通过一个调性或者一种特殊的节奏表现自己的特点。Ⅲ-Ⅴ这一对小说只有当事人在场，其情节是缓慢的，带有心理氛围，Ⅱ-Ⅵ这一对几乎在光天化日之下展开，是在一种愉快和运动的气氛中。在这轻和这重之间，鲜明的对照只能增进小说集的和谐的多样性。

如此说来，向心圆或者三角形布局的效果之一，当然是要大力突出第Ⅳ篇小说:《座谈会》。除了它不成双和在集子中独一无二外，这篇小说不同于其他的地方还在于，它的篇幅远远超过其他各篇，而且含有最多数量的内部段落：总共五幕，三十七“章”(其他小说每篇都只有十到十四章)。因为位于中间的地位和核心的分量,《座谈会》显得如同是整部书形式上和主题上的中心，它的集聚点最厚，最丰富，而其他六篇小说，从某种意义上说，都是预备和延续，因为它们就像行星环绕太阳，就像贝壳围绕珍珠那样围绕着它。

不过,《座谈会》是一篇十分独特的叙事。不仅它的结构模仿戏剧结构，并让人想到游乐画[②]的世界或者马里沃[③]的戏剧。但是说实在的，叙事占的位子很少，起主导作用的是言语，谈话，隐喻和轶事的乐趣，也就是说是注释而非情节，是色情的“理论”和

① Sganarelle,莫里哀笔下的人物，在不同的剧作中均为配角。

② fêtes galantes，以身着戏装的年轻男女消遣娱乐为主题的绘画。法国诗人魏尔兰的一部诗集即名为《游乐画》。

③ Marivaux(1688—1763)，法国剧作家，作品有《爱情与偶遇的游戏》等，以细腻的心理刻画出名。

举止行为而非其搬演。如果它在这方面像是对柏拉图对话[1]的一个戏仿，《座谈会》也找到了让文艺复兴时期的“框架叙事”，让其特有的形式和氛围重新适应新形势的办法。在聚集了多多少少见过世面的几个机灵的谈话者的值班室里，读者如同身处薄伽丘或者纳瓦拉王后[2]的“小分队”中，它忙于论述、争论、自由地玩弄语言，并且在“主子”宽厚的控制下，成组地继续有关爱情之万千变化的愉快会话。还有一点，短篇集的其他小说都像是哈威尔和他的朋友们所作的叙事，以便多多少少忠实描绘他们的谈话，并在出色的社交团体中消遣。不同的是，这个座谈会在过去负责“镶嵌的”叙事，这次被镶嵌进其他小说中间，而这个“框架”过去从外部整体抓住《十日谈》的一百篇小说，现在变成了短篇集的心脏，它的策源地，关键的关键，从内部支撑着和谐和统一。

我们可以这样描述《好笑的爱》：六篇小说围绕着《座谈会》，就像同一幅插图的六种变奏，对“好笑的爱情”的同一个沉思的六种变奏。

*

就像小说般的真实总是与浪漫的谎言相比较，作为这沉思基础的“假设”跟有关爱情的话语中的传统内容彻底决裂了，特别是跟在"一九五九年至一九六八年"间，借助被人们称之为性革命的东西而取得胜利的思想体系决裂了。这种假设，这个沉思的主题，昆德拉在《小说的艺术》中简要地做了解释：

> 《好笑的爱》。不应该把这个标题理解为：有趣的爱情故事。爱情的概念总是与严肃联在一起。但是好笑的爱情，属于没有严肃性的爱情的范畴。③

《好笑的爱》的赌注，我们可以说，是要让爱情接受散文的考验，在存在中询问爱情，也就是说与价值和含义无关，而通常，这些价值和含义，不仅在文学中，而且在我们的思想、我们的话语、我们的行动本身中都注定与爱情相关，在提高或者贬低爱的实践的同时，恰恰使得爱成为极其严肃，或许是现代主题中最严肃的一件事。可是，小说家要做的，是"验证"爱情的语义附加含义，就像过去验证政治、历史、自我等等的附加含义一样。在人们把爱从笼罩着它的诗意和神圣中分出来时，用小说的方法从

---

① 小说捷克文的标题（Symposion）显然出自柏拉图，更接近《会饮篇》的希腊文标题，在英译本中也是一样，其标题（Symposium）使用了《会饮篇》英文的熟用的标题。—— 原注

② La reine de Navarre，通称纳瓦拉的玛格丽特（1492—1549），法国女作家，其短篇小说集《七日谈》模仿薄伽丘的《十日谈》的结构。

③《小说的艺术》第二章，页四九。—— 原注

“下面”注视它时，它还剩下什么？在现代社会的陷阱中，爱的情感变成什么？性欲变成了什么？在那里，所有的价值都贬值了，在那里，含义成为不稳定的和成问题的，在那里，严肃不再有基础。

在短篇集中，最具爱情停止流通意识的人物显然是哈威尔大夫。正是在《座谈会》的中间部分，事实上，这篇小说本身也在《好笑的爱》这本小说集中处在中间位置，他说出了关于“唐璜们的结局”，关于“大收集者”的人物神话贬值的大段台词：

> 唐璜是个征服者，甚至是一个大写的征服者。一个大征服者。但是，我要问问您，在一块没有人来抵抗您，一切全都顺顺当当，一路畅通无阻的土地上，您怎么还会想成为一个征服者？唐璜的时代已经一去不复返了。(……)继承大征服者这一人物形象的，是大收集者，只不过，收集者跟唐璜已经没有任何共同点了。(……)唐璜是一个主子，而收集者是一个奴隶。唐璜傲然违背种种的常规和法则。大收集者只是满头大汗地、乖乖地遵从常规和法则，因为，收集从此就属于得体举止和高雅谈吐的一部分，收集几乎被认为是一种职责。

在西方的想象中，唐璜的角色，出现在现代社会的初始阶段，从对抗夫妻之爱的严肃性，反对以特里斯丹[①]的神话为化身的爱—激情的严肃性方面，它已经代表了性爱的某些非神圣化。但是无论多么放肆，唐璜式举止还保持着一种含义和一种影响，这含义和影响甚至就出自他所亵渎的东西。换句话说，武士的严肃性波及唐璜，并确保了他的伟大。但是在武士和他所象征的一切均告消失的一个世界里，放荡者的挑战失去了全部悲剧意义，变得微不足道。唐璜转化为堂吉诃德，对抗的只有磨坊的风车。例如：《永恒欲望的金苹果》中的马丁就是这样。他就像莫里哀剧中的唐璜，徒劳地感觉到“一颗爱整个大地的心”，但没有孕育“任何可以止住（他那些）欲望冲动的东西”[②]，他之于唐璜，恰如塞万提斯笔下的堂吉诃德之于过去的骑士们：他那些“标定”、他那些“挂钩”和他的“永远追逐女人”因为意义的消失就更加仪式化（马丁甚至无需消费他的胜利）。这些举动只是模仿消逝的神话之美，并使其永续。

总之，马丁是一个不自觉的收集者。这是他不同于哈威尔，也不同于他的同伴即故事叙述者的地方。故事的叙述者，有点像是马丁的桑丘[③]，他认为，他朋友的唐璜主义是多么的虚幻，因而，也是多么的令人感动。他承认道，“我是一个业余爱好者”，

① Tristan，中世纪传说中的骑士，他和绮瑟的爱被传颂为千古奇绝的忠贞之爱，在西方家喻户晓。

② 莫里哀《唐璜》，第一幕第二场。——原注

③ Sancho Panza，《堂吉诃德》中堂吉诃德的随从，此处指随从。

"可以说，马丁当作生活大事来经历的，我却当成儿戏来表演"。

这样，收集者在爱的非神圣化方面走得更远，那是唐璜所不为的。他的讽刺和他的清醒意识给放荡者亵渎的疯狂补充了他自己放荡的贬值。因为假如唐璜嘲笑武士，那么他既嘲笑武士也嘲笑他自己。《好笑的爱》的每篇小说充满的，正是面对"没有严肃性的爱情"的恶魔般的笑声。

事实上，我们可以说，整部书是以哈威尔大夫的观点写的，也就是说，以失去了性爱的信仰，并知道武士的死亡使爱陷入何种轻浮中的人的观点写的。正是按照他的观点（通过与其他几个与他类似的收集者的对比，例如《座谈会》中的主任医师、马丁的朋友或《谁都笑不出来》中叙事者），叙述了圣洁的自高自大[①]的一系列人物既疯癫又悲怆的种种爱情：《搭车游戏》的男青年、《哈威尔大夫二十年后》的记者，特别是概括了所有人的《座谈会》的实习生弗雷什曼，他是特里斯丹的现代化身，他分享（或模仿）其沉思和缓慢的特点，死亡的困扰，以及直至让爱人不屑的、只与至爱睡觉的"英雄主义"。

这些人物有两个共同点，这两点或许也可以合二为一：一方面，他们的青春年少，另一方面，他们对爱的严肃态度。他们的性爱意识与哈威尔和马丁的截然相反。确实，他们同样是极端不坚定的，《搭车游戏》的男主人公自认为"从女人身上了解到了一个男人所能了解的一切东西"，并跟一个搭车女郎欺骗他的女朋友；记者毫无内疚地回绝了自己的女朋友，投身弗朗蒂丝卡；而弗雷什曼尽管多虑，一个晚上就成功地背叛了克拉拉，先后爱上了女大夫和伊丽莎白。

但是，他们的唐璜主义和收集者的唐璜主义毫不相干：这是充满浪漫主义、傲慢、狂热的一种唐璜主义，它寻求攻克和占有，从不笑，并且在情人的更迭中，保持着同样的完整，同样的严肃，尤其是同样的盲目。

因为，无经验的年轻男人的运气和他们精力的源泉就是这样：就像弗雷什曼面对伊丽莎白的裸体，*他什么也没看见*。更有甚之：如果他希望他的热情抵抗住正窥伺着热情并使他保持激动状态的滑稽，他什么都不应看见。记者一旦和弗朗蒂丝卡上了床，就必须保持对她的身体和她的话语毫无感觉。同样，爱德华为了成功地与女校长睡觉，必须把她乔装为虔诚的阿丽丝，稍后，还要把后者乔装成异教徒。甚至在《让先死者让位于后死者》中的不太年轻的恋人，也只有在假装互不相识的情况下才可以完成性爱，她是为了忘记自己是谁，他要赎回原来的他。这一切的发生就像肉欲的激动在这些有情人身上需要误会和现实的屏蔽一样；他们只有被蒙住双眼才能勃起。

① 原文为希腊文。

抒情的性爱者的盲目是荒谬的。如果他既看不见伴侣的肉体，也看不见她的脸庞，也看不见她的年龄，那是因为他需要通过她看到其他东西。首先，他需要看到他自己，“只有通过自己，而不是别人，去爱别人”，就像德尼·德·鲁日蒙[1]论及特里斯丹时写的[2]这样，年轻的记者在弗朗蒂丝卡的怀抱里，“对自己心醉神迷”，而弗雷什曼只清楚地知道一件事：“认真地注视着人的内心，而忽略着外部世界无足轻重的细节”。但是，浪漫情人尤其需要的，就是看到多于他眼前的东西，别人的裸体并不能满足他，他体会到的欲望也不能满足他；读过布勒东的《疯狂的爱》和巴塔耶的《色情主义》之后，他需要词语、典雅的感情、崇高的意义和形而上学。事实上，这是浪漫主义情人的特征，就是不满足于美，不满足于身体的脆弱，后者只是世界的脆弱以及不确定性的形象，相反，他要在爱情中寻求他的存在的一个增大，寻求他的力量或者他的“生命密度”的一个证据，也就是说，寻求逃脱他固有的有限的非严肃的一种方法。

总之，他的盲目源于他不认识爱的无意义，他没有看到武士的死亡只是世界的透彻性的一个象征，而爱自此已经失去违抗的整个能量，丰满的整个可能性，而仅仅只是被误解的世界的一个瞬间，只是受骗上当者坚持不懈的一次交易。

爱在非严肃的土地上衰落，这正是老练的情人，收集者所懂得的。另外，他的力量和他那些手段的效力也源于此。“内行人”，如哈威尔，这位爱的专家没有爱的幻景。没有其他东西指引他，除了那总是新的、总是变化的欲望的永恒的再生。激发他的只有他对美的爱和他从色情游戏的万千惊喜中得到的愉悦，这种愉悦在他眼里被简化为存在的不可预见性和存在的轻。但是，这种"清醒的和觉悟了的"意识远没有降低他的欲望，远没有损害他的愉悦，相反，却增加了这种欲望和这种愉悦并无限地提高了它们的价值。

事实上，没有比不严肃地对待自我的恋人更好的恋人了。因此，哈威尔不再相信爱情，做爱就像一个神，甚至在《座谈会》的二十年后，当他成为"一位正在衰老的先生"[3]时也是如此。但是，他的这些性嬉戏从没有上演；因为怎样叙述一种再没有什么意义能使之沉重的行为？读者所知道的一切，它们是在一种完美的和谐中进行的，伴侣心醉神迷，与年轻而认真的情人的艰难性交相反，他们投入了他们的整个生命和整个信仰。

抒情的爱和我们可称之为游戏的爱的这种区别，被《座谈会》和《哈威尔大夫二十年后》描绘得再清楚不过了，其对立的一边是

---

① Denis de Rougemont（1906—1985），瑞士法语作家，他的《爱与西方》写于一九三九年。

②《爱与西方》，I-11（U. G. E. 出版社，10/18丛书，一九六二年），页四三。——原注。

③ 我们需要指出，这篇小说在早期版本中，包括一九七〇年的法文版，名为《哈威尔大夫十年后》。——原注

哈威尔和弗雷什曼，另一边是哈威尔和记者。而这种区别也表现在小说集的最后一篇中，这次，这种区别构筑的故事属于惟一的和同一个人物。

《爱德华和上帝》事实上是一篇开蒙故事。一开始，主人公在某些方面还是一个童男，他还不知道秘密。当然，他的天真很不彻底，因为他已经发现了他大部分的存在展现于其中的非严肃领域，他认为“与他自己的本质相比是微不足道的”。但是对他而言还有一件事未受这个想法的侵袭，这就是爱情。爱情，因为它是“自行决定的”因而也是自由的，让他觉得是惟一逃脱了总体喜剧，爱德华于是“带着一种近乎虔诚的严肃”投入爱情。可是，追求和攻克阿丽丝给他带来什么？难道不是这一最后幻景的消逝吗？他很快就发现，非严肃的领域远远超出了他曾相信的范围，这一领域，说实在的，没有边界，没有东西能逃脱，尤其是爱情逃脱不出去。“他悲哀地明白到（……）他刚刚同阿丽丝艳遇是可笑的，是偶然与错误的后果，缺乏严肃性和意义。”情人徒有达尔杜弗的面具，他不能更成功，比唐璜让武士复活还要难。

最后，爱德华是悲伤的，他感到“对上帝的渴望”，武士的遗憾。然而，我们看到的他的最后一个形象是他的微笑。这矛盾的情感，这嘲讽的怀旧，接近哈威尔大夫的“喜剧性的忧伤”。事实上，后者在某些方面难道不是更老的，更老练的爱德华吗？只不过他在年轻时代感受过的同样的学徒经历？总之，爱德华对阿丽丝的失望和他对塞查科娃的成功，远没有使他厌恶爱情游戏，而是使他对此更加渴望，更加熟练。摆脱了他的无知的最后部分之后，他专注于“越来越成功地尝试着引诱不同的女人和姑娘”：他跨过了爱情的严肃领域的边界，他掉进大收集者的世界。

我们敢打赌，爱德华，依照哈威尔和马丁的榜样，最终将娶一个比他年轻不少的女人，而他的朝三暮四将是他永久不衰的忠实的表达。